Noël avec le comte

UNE ROMANCE RÉGENCE DOUCE

DAISY LANDISH

Mentions légales

ÉDITIONS MONTS ET MARÉES
NOS HISTOIRES OÙ FONT DU BIEN.

CHAPITRE 1

Une proposition de réconfort

— Lord Ashford s'est enquis de vous tout particulièrement. Lady Eleanor Winthrop lut les mots à haute voix, tirés de la lettre de sa tante, sa voix empreinte du même dédain qu'elle aurait réservé à un plat particulièrement peu ragoûtant. — Un gentleman si distingué, et l'on dit que son domaine dans le Derbyshire est magnifique.

Elle posa le papier couleur crème avec un soin délibéré, bien que ses doigts la démangeassent de le réduire en miettes. La lumière matinale qui filtrait par les hautes fenêtres lui parut d'une gaieté insultante, éclairant la dure réalité des dernières machinations matrimoniales de sa tante.

— Magnifique domaine, marmonna Nell en se levant de son secrétaire pour arpenter le salon du matin. Comme si l'étendue des possessions d'un homme pouvait combler le vide d'un cœur.

Le portrait miniature à son cou capta la lumière alors qu'elle se déplaçait — le visage d'Isabella, éternellement jeune et radieux, figé à jamais dans ses dix-neuf ans avec toute la vie devant elle. Les doigts de Nell trouvèrent instinctivement le médaillon, un geste devenu aussi naturel que de respirer au cours des huit mois qui avaient suivi la mort de sa sœur.

Huit mois qu'Isabella était morte en mettant au monde l'héritier — un héritier qui avait suivi sa mère dans le silence éternel quelques heures seulement après sa naissance. Huit mois que Nell n'avait rien porté d'autre que le deuil le plus profond, n'avait pas dansé, n'avait pas ri, ne s'était souciée des perspectives d'aucun gentleman, magnifiques ou non.

La vérité qui se cachait sous son chagrin était bien plus troublante qu'une simple peine. C'était la certitude grandissante qu'elle ne serait jamais à la hauteur du souvenir d'Isabella — ni en beauté, ni en charme, et certainement pas dans la façon naturelle avec laquelle sa sœur captivait les cœurs et illuminait une pièce par sa simple présence. Comment Nell pourrait-elle répondre aux attentes du Monde alors qu'elle se sentait comme une pâle ombre de la sœur que tous avaient adorée ?

— Je vois que tu refuses toujours d'être raisonnable.

Nell se retourna et découvrit sa mère dans l'embrasure de la porte, élégante comme toujours dans sa robe de soie gris colombe, son expression arborant ce mélange familier d'inquiétude maternelle et d'exaspération aristocratique.

— Bonjour, Maman. Nell tenta un sourire, lissant ses jupes de soie noire. Je parcourais simplement la dernière missive de tante Margaret.

Lady Fairfield entra dans la pièce avec la grâce experte d'une femme qui avait mené avec succès ses trois filles à travers leurs Saisons mondaines. Deux avec brio, la troisième avec une frustration croissante.

— Ma chérie, commença-t-elle en s'installant dans le fauteuil rose près de la cheminée, tu ne comptes tout de même pas rester en deuil indéfiniment. Le Monde commence à murmurer, et ton père s'inquiète pour ton avenir.

Le mot « avenir » resta en suspens dans l'air, telle la fumée. Nell s'approcha de la fenêtre, observant les premiers flocons paresseux de l'hiver dériver derrière la vitre.

— Quel avenir pourrais-je bien avoir qui honorerait la mémoire d'Isabella ? La question lui échappa avant qu'elle ne puisse la retenir, révélant plus de son trouble intérieur qu'elle ne l'avait voulu. Elle incarnait tout ce qu'il y avait de beau et de gracieux dans notre famille. Je ne suis que...

— Tu ne fais que laisser le chagrin obscurcir ton jugement, dit fermement Lady Fairfield en se levant pour rejoindre sa fille à la fenêtre. Isabella était en effet un trésor, mais elle serait horrifiée de savoir que tu t'enterres vivante avec son souvenir.

Le rire de Nell était dénué de toute gaieté. — Le serait-elle ? Parfois, je pense que la chose la plus charitable que je pourrais faire serait de me retirer complètement, d'épargner au Monde la déception de nous comparer.

— Eleanor Winthrop. La voix de sa mère portait l'autorité de générations de femmes de bonne famille qui avaient traversé leurs propres tempêtes. Je ne tolérerai pas de telles sottises morbides. Tu n'es pas ta sœur, et tu ne devrais pas non plus essayer de l'être. Tu as tes propres dons, ta propre valeur.

Avant que Nell ne puisse répondre, l'inspiration la frappa avec la clarté soudaine d'un éclair d'hiver.

— Lady Greystowe, dit-elle en se détournant de la fenêtre avec la première véritable animation qu'elle avait ressentie depuis des semaines. Elle a écrit le mois dernier, n'est-ce pas ? Elle mentionnait combien Greystowe Hall est devenu silencieux depuis... eh bien, depuis la tragédie.

Le front de Lady Fairfield se plissa. — Oui, la pauvre chérie. Perdre son fils et sa belle-fille à quelques heures d'intervalle, et maintenant avec toute cette incertitude sur l'avenir du domaine. Je crois qu'elle a mentionné une correspondance avec des parents éloignés — quelque chose à propos du nouvel héritier qui commencerait enfin à s'intéresser à son héritage.

— Elle m'a invitée à lui rendre visite quand je le souhaiterais. Les mots de Nell se firent plus rapides, le plan se cristallisant dans son esprit. Passer du temps avec quelqu'un qui aimait Isabella comme moi, qui comprend le poids d'une telle perte.

— Le Yorkshire ? En décembre ? Le ton de sa mère suggérait que Nell avait proposé un voyage en Arctique. Ma chère, il y fera un froid terrible, et les routes seront dangereuses. De plus, tu ne connaîtras personne, hormis la comtesse douairière elle-même.

— Précisément. Nell retourna à son secrétaire, composant déjà mentalement sa lettre d'acceptation. Pas de bals exigeant ma présence, pas de prétendants à éconduire, pas de parents bien intentionnés tentant de me jeter dans les bras de gentlemen éligibles chaque fois que je m'aventure hors de la maison.

Elle sortit une nouvelle feuille de papier, ses mouvements décidés pour la première fois depuis des mois. — Juste une compagnie tranquille avec quelqu'un qui n'attendra pas de moi que je brille ou que je charme ou que je feigne que l'absence d'Isabella n'a pas creusé un vide dans le tissu même de l'existence.

Lady Fairfield resta silencieuse un long moment, étudiant le profil de sa fille tandis que Nell commençait à écrire. — Tu crois vraiment que cela t'apportera le réconfort que tu cherches ?

— Je crois, dit Nell avec précaution en interrompant son écriture, que j'ai besoin de m'éloigner des attentes de Londres. Du temps pour me souvenir de qui je suis, quand on ne me rappelle pas constamment qui je ne suis pas. Elle leva les yeux, croisant le regard inquiet de sa mère. Lady Greystowe comprend le deuil d'une manière que le magnifique domaine de Lord Ashford ne peut tout simplement pas apaiser.

Le silence s'étira entre elles, seulement troublé par le doux grattement de la plume de Nell sur le papier et le léger crépitement de la neige contre les fenêtres.

— Très bien, finit par dire Lady Fairfield, la voix plus douce qu'auparavant. Mais tu dois me donner ta parole sur une chose.

Nell posa sa plume. — Tout ce que tu voudras.

— Promets-moi que tu essaieras de guérir pendant ton séjour, pas seulement de te cacher. Isabella aurait voulu que tu retrouves le chemin de la joie, pas que tu t'ensevelisses dans un deuil perpétuel. Les yeux de sa mère s'embuèrent légèrement. Elle t'aimait tendrement, tu sais. Elle disait souvent combien elle admirait ton esprit, ton indépendance de pensée.

Ces mots frappèrent Nell comme un coup de poing, tant ils étaient inattendus. Isabella l'avait admirée ? Cela semblait impossible, et pourtant la sincérité de sa mère était indéniable.

— Je promets d'essayer, Maman, parvint à dire Nell, la voix étranglée par l'émotion. Je ne peux garantir d'y parvenir, mais je promets de faire cette tentative.

Lady Fairfield sourit, la première véritable expression d'espoir que Nell voyait sur son visage depuis des mois. — Alors, écris ta lettre, ma chérie. L'air du Yorkshire te sera peut-être bénéfique, en effet.

Trois jours plus tard, malgré les inquiétudes de son père concernant la météo et les prédictions funestes de sa femme de chambre sur l'état des routes du nord en hiver, Nell se retrouva assise dans la voiture familiale alors qu'elle franchissait les portes de Greystowe Hall. La neige avait commencé à tomber pour de bon durant les derniers kilomètres de leur voyage, transformant le paysage ancestral en un décor de conte de fées.

Le domaine s'étendait devant elle dans toute sa splendeur hivernale : des collines ondulantes poudrées de blanc, de vénérables chênes montant la garde le long de l'allée, et enfin, la grande demeure elle-même, s'élevant du paysage enneigé avec une autorité tranquille. Greystowe Hall imposait sa présence à ses environs par sa simple prestance plutôt que par l'ostentation, ses murs de pierre usés par le temps témoignant de siècles de Noëls passés, ses fenêtres brillant dans le crépuscule naissant.

Alors que la voiture s'immobilisait devant les portes massives en chêne, celles-ci s'ouvrirent comme par magie, révélant une silhouette qui serra le cœur de Nell d'une reconnaissance douce-amère. Lady Greystowe apparut, ses cheveux d'argent parfaitement coiffés sous un bonnet de dentelle noire, sa robe de deuil élégante dans sa simplicité. Mais ce fut son sourire — chaleureux, sincère, et teinté de la même mélancolie que portait Nell — qui lui mit les larmes aux yeux.

— Ma très chère enfant, lança Lady Greystowe alors que Nell descendait de la voiture, sa voix portant à la fois l'autorité nette de la noblesse et une véritable affection maternelle. Quelle bonté de ta part d'entreprendre un tel voyage par ce temps.

— Merci de me recevoir, répondit Nell, en acceptant l'étreinte de la femme plus âgée. Le parfum familier de lavande et d'eau de rose qui avait toujours entouré la belle-mère d'Isabella ramena une nouvelle vague de souvenirs — non pas douloureux, étonnamment, mais des réminiscences chaleureuses de réunions de famille et de rires partagés.

— Sottises. C'est toi qui me rends service. Lady Greystowe lui prit le bras avec une aisance consommée, la guidant vers l'entrée. Cette vieille maison a été bien trop silencieuse ces derniers mois. Je me suis lassée de ma propre compagnie et des remarques bien intentionnées mais répétitives de Mme Hartwell sur la météo.

Alors qu'elles franchissaient le seuil du grand hall, Nell sentit un poids invisible commencer à se soulever de ses épaules. L'espace était vaste sans être intimidant, réchauffé par un énorme feu qui crépitait dans l'âtre en pierre et décoré de branches de sapin fraîchement coupées qui emplissaient l'air du parfum frais des fêtes d'hiver. Des bougies vacillaient dans des appliques en fer le long des murs, projetant des ombres dansantes qui semblaient accueillir plutôt que menacer.

— C'est magnifique, dit Nell, et elle le pensait sincèrement. Le hall parvenait à être à la fois grandiose et accueillant — un véritable exploit pour un espace qui aurait pu facilement paraître froid et rébarbatif.

— Isabella disait toujours que Noël, ici, c'était comme entrer dans un livre de contes, répondit Lady Greystowe, la voix légèrement brisée. Elle avait des plans si élaborés pour les célébrations de l'année dernière... La femme plus âgée se redressa avec un effort visible. Mais nous ne devons pas trop nous attarder sur ce qui ne peut être changé. Viens, installons-toi convenablement.

Tandis qu'elles montaient le grand escalier, leurs pas résonnant doucement, Lady Greystowe poursuivait son doux bavardage. — J'ai demandé à la cuisinière de préparer un souper léger pour ce soir, rien de trop élaboré. Le personnel a été quelque peu réduit depuis les changements, mais Mme Hartwell dirige la maisonnée avec une efficacité admirable.

— Je ne suis guère habituée aux grandes cérémonies, l'assura Nell. Un confort simple me convient parfaitement.

Elles s'arrêtèrent devant une porte peinte du bleu tendre d'un ciel d'été. — J'espérais que tu le prendrais ainsi, dit Lady Greystowe en ouvrant la porte pour révéler une chambre charmante avec des tentures rose-pâle et un feu joyeux qui dansait déjà dans la cheminée. Isabella disait toujours que tu possédais un manque de prétention rafraîchissant.

Alors que Nell entrait dans la pièce, l'odeur de bois de pommier en train de brûler et la vue des draps frais retournés de manière accueillante la frappèrent avec une force inattendue. Pour la première fois en huit mois, elle se sentit vraiment la bienvenue, pas simplement tolérée ou prise en pitié, mais véritablement désirée. La sensation était si étrangère qu'elle dut se retenir au cadre de la porte.

— Est-ce que tout va bien, ma chère ? demanda Lady Greystowe avec inquiétude.

— Oui, parvint à dire Nell, la voix pleine de gratitude. Juste... bouleversée par votre bonté.

Tandis que son hôtesse souriait et la laissait s'installer, Nell se dirigea vers la fenêtre où la neige continuait de tomber, recouvrant Greystowe Hall d'un silence immaculé et les isolant progressivement du reste du monde. Pour la première fois depuis la mort d'Isabella, elle se dit que peut-être, l'isolement était exactement ce dont son cœur blessé avait besoin.

Elle ne pouvait savoir que sa retraite paisible était sur le point d'être complètement perturbée par l'arrivée inattendue d'un homme qui désirait la solitude tout aussi désespérément qu'elle — et qui se montrerait bien moins disposé à la partager avec grâce.

CHAPITRE 2

Greystowe Hall

Nell se réveilla au son feutré de la neige qui tapotait contre sa fenêtre et au lointain tintement des cloches de l'église du village en contrebas. Un instant, elle resta immobile dans ce lit inconnu, enveloppée dans la chaleur d'édredons en duvet et dans la paix singulière que l'on ressent lorsqu'on est dans un endroit où personne n'attend rien de soi.

La Chambre Bleue était encore plus charmante à la lumière du jour qu'elle ne l'avait été à la lueur des bougies. Le soleil matinal, filtrant à travers les fenêtres gravées par le gel, dessinait de délicats motifs sur les tentures rose-pâle et les parquets cirés. Quelqu'un, Mrs Hartwell, supposa-t-elle, était déjà passé pour attiser le feu et laisser une cuvette d'eau fumante sur la table de toilette.

Nell se leva et se dirigea vers la fenêtre, écartant les lourds rideaux pour contempler le paysage hivernal. La vue lui coupa le souffle. La neige était tombée sans discontinuer toute la nuit, transformant les jardins en un paysage féerique immaculé. De vieux ifs se dressaient telles des sentinelles drapées de blanc, et les branches nues de ce qui devait être, en été, de magnifiques rosiers, formaient une dentelle complexe sur le ciel pâle.

Au-delà des jardins à la française, elle pouvait distinguer la ligne sombre d'une forêt et, au loin, la fumée s'élevant des cheminées de ce qui semblait être un petit village. La scène tout entière paraissait tirée d'un des contes de fées qu'Isabella leur lisait à voix haute dans leur enfance — belle, paisible et totalement étrangère aux complexités de la vie londonienne.

On frappa doucement à la porte, interrompant sa rêverie. — Entrez, lança-t-elle, s'attendant à voir Mrs Hartwell ou peut-être une domestique.

Mais ce fut Lady Greystowe qui entra, déjà vêtue pour la journée d'une élégante robe du matin en laine d'un prune profond. Ses cheveux d'argent étaient arrangés en une coiffure simple mais seyante, et ses yeux brillaient d'un plaisir sincère.

— Bonjour, ma chère. J'espère que tu as bien dormi ? Lady Greystowe vint se placer à côté de Nell près de la fenêtre, suivant son regard sur le paysage enneigé. — C'est bien différent de Londres, n'est-ce pas ?

— C'est magnifique, dit Nell. Je ne crois pas avoir jamais rien vu d'aussi paisible.

— Isabella a dit la même chose lorsqu'elle est arrivée ici en tant que jeune mariée. La voix de Lady Greystowe n'était plus que chaleur à présent, l'acuité de son chagrin adoucie par d'heureux souvenirs. — Elle a passé des heures à cette même fenêtre, à planifier des améliorations pour les jardins. Elle avait des idées si ambitieuses — une allée de rosiers, un jardin d'herbes aromatiques près des cuisines, et même un petit labyrinthe avec les vieilles haies de buis.

— Est-ce qu'elle... est-ce que certains de ses projets ont été achevés ? demanda Nell avec précaution.

— Oh oui, plusieurs. L'allée de rosiers est tout à fait ravissante en été, même si on la distingue à peine sous toute cette neige. Et son jardin d'herbes aromatiques fournit la cuisine en condiments frais depuis maintenant deux ans. Lady Greystowe sourit. — Elle serait heureuse de savoir que ses idées ont pris racine, au sens propre du terme.

Elles restèrent quelques instants dans un silence confortable, à regarder les gros flocons dériver derrière la fenêtre, le souvenir partagé d'Isabella se déposant entre elles comme la neige qui tombait — doux, persistant, impossible à ignorer.

Finalement, Lady Greystowe s'anima, son expression s'adoucissant pour devenir plus résolue. — Il ne sert à rien de ne vivre que dans le passé, dit-elle, autant pour elle-même que pour Nell. — Viens... une visite de la maison nous remontera peut-être le moral.

Elle lui fit signe de la suivre. — Cela fait si longtemps que nous n'avons pas eu de véritables invités, et j'avoue que je suis assez impatiente de te montrer les améliorations d'Isabella. Elle avait un excellent œil, tant pour la beauté que pour le côté pratique.

— J'adorerais, dit Nell, et elle le pensait. La perspective d'en apprendre plus sur la façon dont sa sœur avait laissé sa marque sur cette ancienne demeure présentait un attrait inattendu.

— Merveilleux. Mrs Hartwell a préparé un plateau pour le petit-déjeuner dans le salon du matin — rien de très élaboré, mais la cuisinière fait les scones les plus délicieux. Disons dans une demi-heure ?

Après le départ de Lady Greystowe, Nell s'habilla avec soin, choisissant l'une de ses robes du matin les plus simples — en laine noire garnie de boutons de jais, appropriée à son deuil mais pas assez sévère pour jeter un voile sur la journée. Elle arrangea ses cheveux sombres en un chignon soigné et épingla le médaillon d'Isabella à son cou, comme c'était devenu son habitude.

Le salon du matin se révéla être une charmante pièce donnant sur ce que Lady Greystowe l'informa être le potager. Des fenêtres sur deux côtés inondaient la pièce de lumière, et un petit feu crépitait joyeusement dans l'âtre. Le petit-déjeuner promis était en effet délicieux — des scones tièdes avec du beurre et de la confiture, un thé corsé et de fines tranches de jambon que la cuisinière était parvenue à préparer à la perfection malgré le personnel réduit.

— Les cuisines sont le domaine de Mrs Hartwell, expliqua Lady Greystowe pendant qu'elles mangeaient. — Elle est ici depuis avant la naissance de mon défunt fils, et je ne crois pas qu'il y ait quoi que ce soit concernant la bonne marche de cette maison qu'elle ne sache pas. Cette femme vaut son pesant d'or, surtout maintenant que nous fonctionnons avec un personnel réduit au strict minimum.

— Beaucoup de domestiques ont-ils trouvé d'autres postes ? demanda Nell, regrettant aussitôt sa question, potentiellement trop personnelle.

Mais Lady Greystowe semblait heureuse de discuter des questions pratiques. — Certains, oui. Quand il est devenu évident que le nouveau comte pourrait ne pas... Enfin, que l'avenir du domaine était incertain, j'ai encouragé plusieurs membres du jeune personnel à chercher un emploi ailleurs. Mieux valait pour eux trouver de bonnes places tant qu'ils le pouvaient, plutôt que d'attendre et de risquer d'être congédiés sans références. Elle prit une gorgée de thé délicate. — Bien que je doive dire que ceux qui ont choisi de rester ont été d'une loyauté sans faille. Je n'aurais pas pu espérer meilleur soutien dans une période si difficile.

Après le petit-déjeuner, Lady Greystowe se révéla être une excellente guide à travers l'immense demeure. Elles commencèrent par le salon d'apparat, où des portraits de famille les observaient depuis leurs cadres dorés, et où les meubles recouverts de soie témoignaient de générations de vie raffinée. Nell se surprit à chercher dans les visages des peintures une quelconque ressemblance avec Isabella, mais les traits des Greystowe semblaient plutôt arborer des cheveux sombres et des mâchoires volontaires que la beauté diaphane de sa sœur.

— La bibliothèque est ma plus grande fierté, dit Lady Greystowe alors qu'elles entraient dans une magnifique pièce garnie du sol au plafond de volumes reliés en cuir. De hautes fenêtres offraient une excellente lumière pour la lecture, et plusieurs fauteuils confortables étaient placés près de la cheminée. — Feu mon mari était un grand érudit, tout comme son père avant lui. Certains de ces livres datent de deux siècles.

Nell fit glisser ses doigts sur les dos des livres, s'émerveillant de la collection. — Isabella a dû adorer cette pièce.

— En effet, elle l'adorait. Elle y a passé de nombreuses soirées, particulièrement durant... Lady Greystowe s'interrompit, semblant choisir ses mots avec soin. — Durant les derniers mois, quand elle ne se sentait pas tout à fait elle-même. Elle trouvait un grand réconfort dans la poésie, je crois.

Elles continuèrent à travers la maison : la salle à manger d'apparat avec sa table massive pouvant accueillir vingt convives, le jardin d'hiver où des plantes exotiques prospéraient malgré le froid hivernal, et plusieurs chambres d'amis qui rivalisaient de confort et d'élégance avec celle de Nell. Chaque pièce racontait une histoire de famille et un entretien méticuleux, même avec un personnel réduit.

— Le domaine est dans la famille Greystowe depuis plus de trois cents ans, expliqua Lady Greystowe alors qu'elles s'arrêtaient dans ce qui avait manifestement été le bureau du maître de maison. — Chaque génération a ajouté sa propre touche tout en respectant ce qui l'a précédée. C'est un sacré héritage à recevoir.

Quelque chose dans son ton poussa Nell à la regarder de plus près. — Tu parles comme si tu n'étais pas certaine que cet héritage perdurera.

Lady Greystowe s'approcha de la fenêtre, contemplant les terres enneigées avec une expression où se mêlaient l'amour et l'inquiétude. — Le nouveau comte est... disons, un homme pragmatique. Un militaire, avec une vision de soldat qui privilégie la nécessité au sentiment. Je crains qu'il ne voie Greystowe Hall plus comme un fardeau qu'une bénédiction.

— Il ne vendrait sûrement pas un si beau domaine ?

— En vérité, je ne sais pas. La voix de Lady Greystowe était empreinte d'une incertitude qui serra le cœur de Nell. — Nous avons eu très peu de correspondance depuis qu'il a hérité. Quelques lettres officielles de ses avoués, une notification indiquant qu'il mettait un terme à son service militaire... mais rien qui ne révèle ses intentions concernant le domaine, ni même, en vérité, son intention de venir un jour.

Elles furent interrompues par le bruit de la porte d'entrée s'ouvrant avec une force considérable, suivi de voix dans le grand hall en contrebas. Lady Greystowe fronça les sourcils, se dirigeant rapidement vers la porte du bureau.

— C'est étrange. Nous n'attendons personne, et par ce temps... Elle s'interrompit, écoutant ce qui semblait être la voix de Mme Hartwell, inhabituellement agitée, parlant à quelqu'un d'un ton bas et pressé.

Une voix d'homme répondit — cultivée, autoritaire et manifestement mécontente de quelque chose. Nell ne put distinguer les mots, mais le ton suggérait quelqu'un d'habitué à être obéi sans discussion.

Le visage de Lady Greystowe blêmit, puis rougit de ce qui semblait être un mélange de surprise et de consternation. — Oh, mon Dieu. Oh, ma chère. Je crois bien que...

Des pas lourds se firent entendre gravissant le grand escalier, accompagnés des protestations continues de Mme Hartwell sur l'inconvenance d'arriver à l'improviste, sur l'état des routes, et se demandant si Sa Seigneurie avait bien pris soin de ne pas attraper la mort par un temps pareil.

— Thomas, murmura Lady Greystowe en portant une main à sa gorge. — Ce doit être Thomas.

Avant que Nell n'ait pu demander qui pouvait bien être ce Thomas, les pas atteignirent le palier et s'approchèrent du bureau. Lady Greystowe redressa les épaules et se dirigea vers la porte, se préparant manifestement à accueillir quiconque était sur le point d'entrer.

La porte s'ouvrit sans cérémonie, et Nell se retrouva face à un homme de haute taille, vêtu d'un grand manteau à plusieurs pèlerines encore poudré de neige. Des cheveux sombres apparaissaient sous un chapeau de castor qui avait connu des jours meilleurs, et des yeux gris perçants balayèrent la pièce avec la minutie systématique de quelqu'un menant une inspection militaire.

Ces yeux gris s'arrêtèrent sur Nell avec une surprise évidente avant de se poser sur Lady Greystowe avec ce qui ne pouvait être décrit que comme de la résignation.

— Tante Margaret, dit l'homme en retirant son chapeau et en offrant une révérence sommaire. Sa voix avait la précision cassante de quelqu'un habitué à donner des ordres. — J'espère que tu pardonneras l'intrusion. Les routes étaient pires que prévu, et j'ai jugé préférable de forcer le passage plutôt que de risquer de me retrouver coincé dans une auberge.

— Thomas. Lady Greystowe s'avança, les mains tendues en signe de bienvenue malgré le choc évident de son arrivée inattendue. — Mon cher garçon, quelle surprise. Nous n'avions aucune nouvelle de ta venue.

— Aucune nouvelle ne me semblait préférable, répondit-il sèchement, lui permettant de lui serrer brièvement les mains avant de reculer. — Je préfère voir les choses telles qu'elles sont, plutôt que telles qu'on les prépare à être vues.

Son regard revint sur Nell, et sa mâchoire se crispa légèrement. Mais l'espace d'un instant — si bref qu'elle aurait pu l'imaginer — autre chose traversa ses traits. De la reconnaissance, peut-être, ou de la confusion. Comme s'il voyait là quelque chose qu'il ne s'attendait pas à trouver.

Quand il parla à nouveau, sa voix portait une froideur distincte qui semblait presque délibérément imposée.

— Je n'étais pas au courant que nous avions des invités.

Le reproche dans son ton était sans équivoque, et Nell sentit ses joues brûler d'embarras et d'une indignation naissante. Lady Greystowe, cependant, se redressa avec toute la dignité de son rang.

— Lady Eleanor Winthrop est une invitée des plus bienvenues, dit-elle d'un ton ferme. La fille du vicomte Fairfield, et la chère sœur d'Isabella. Elle a eu la gentillesse d'accepter de passer les fêtes de Noël avec moi.

— Vraiment ? demanda Thomas — le nouveau comte de Greystowe, réalisa Nell avec un désarroi grandissant — en la toisant de haut en bas comme on examinerait un problème à résoudre. Comme c'est... pratique.

Le mot dégoulinait d'insinuations qui firent s'enflammer le tempérament de Nell. Elle était venue chercher la paix, pas pour être traitée comme une intruse en quête de fortune par un homme qui n'avait même pas eu la politesse d'annoncer son arrivée.

— Mylord, dit-elle, esquissant la meilleure révérence que le protocole exigeait, tout en réussissant à lui donner l'air d'un défi. J'ose espérer que ma présence ne vous importunera pas outre mesure.

Le sourire qui accompagnait ses paroles était parfaitement poli et absolument glacial.

Thomas la dévisagea un long moment, et Nell eut la sensation inconfortable qu'il voyait bien plus que ce qu'elle avait l'intention de révéler. Son expression changea de façon presque imperceptible — les traits durs autour de ses yeux s'adoucirent un court instant avant qu'il ne se reprenne et ne retrouve son air sévère.

Quand il parla enfin, son ton resta froidement formel, bien que quelque chose en lui laissait deviner qu'il luttait pour maintenir cette distance.

— Pas du tout, Lady Eleanor. Je suis certain que nous arriverons à nous accommoder parfaitement l'un de l'autre.

Nell se détourna avant de pouvoir déceler quoi que ce soit de plus dans le plissement de ses yeux, mais pas assez vite pour manquer le murmure étouffé qu'il adressa à sa tante en passant.

— *Que Dieu nous vienne en aide si elle ressemble un tant soit peu à sa sœur.*

Ces mots la frappèrent comme une douche froide. Sa colonne vertébrale se raidit. La moindre étincelle d'intérêt mêlé de ressentiment qu'elle avait ressentie quelques instants plus tôt se ratatina sous le poids de sa condescendance. Il la considérait donc comme une pâle imitation, n'est-ce pas ? Peut-être juste un autre fardeau décoratif laissé par les morts.

La façon dont il l'avait dit suggérait qu'il n'en croyait rien, pourtant il y avait une étrange hésitation dans sa voix, comme s'il n'était pas entièrement convaincu de son propre antagonisme.

Lady Greystowe, sentant clairement la tension crépiter entre eux, s'interposa avec aisance. — Thomas, tu dois être épuisé après un tel voyage par ce temps. Laisse-moi demander à Mme Hartwell de préparer les appartements du comte, et peut-être voudras-tu te joindre à nous pour le déjeuner une fois que tu auras eu l'occasion de te rafraîchir ?

— Ce serait acceptable, répondit Thomas, son attention toujours fixée sur Nell avec une intensité qui la mettait nettement mal à l'aise. Je suis certain que nous aurons amplement l'occasion de faire plus ample connaissance durant mon séjour.

Son ton s'adoucit de façon presque imperceptible sur les derniers mots, et pendant un instant, Nell se demanda si elle n'avait pas complètement mal interprété ses intentions.

Après qu'il fut parti s'occuper de ses appartements, laissant sa redingote humide de neige drapée sur une chaise et un silence pesant dans son sillage, Lady Greystowe se tourna vers Nell avec une expression d'excuse sincère.

— Ma chère, je suis sincèrement désolée. Thomas a toujours été plutôt... direct dans ses manières, mais je crains que la vie militaire ne l'ait rendu encore plus abrupt. Je t'en prie, ne prends pas sa brusquerie à cœur.

Mais il y avait quelque chose dans les yeux de Lady Greystowe –

une lueur calculatrice qui n'y était pas auparavant, comme si elle voyait soudain des possibilités qu'elle n'avait pas envisagées jusque-là.

Nell parvint à sourire, bien qu'elle sentît encore l'écho de ces yeux gris l'étudiant avec une suspicion si évidente — et autre chose qu'elle ne parvenait pas tout à fait à identifier. — Bien sûr que non. Après tout, c'est sa maison. C'est moi, l'intruse ici.

— Quelle absurdité, dit fermement Lady Greystowe, bien que son ton ait pris une inflexion pensive. Tu es mon invitée, et tu es la bienvenue. Thomas devra simplement revoir ses attentes en conséquence.

Mais alors qu'elles retournaient vers le petit salon, Nell ne pouvait se défaire du sentiment que revoir ses attentes allait s'avérer bien plus compliqué que ne l'anticipait Lady Greystowe. Le comte de Greystowe l'avait regardée comme une menace à éliminer — pourtant, quelque chose dans ces derniers instants suggérait que son antagonisme n'était peut-être pas aussi simple qu'il y paraissait.

Quoi qu'il en soit, sa retraite paisible venait de se compliquer considérablement.

La neige continuait de tomber derrière les fenêtres, chaque flocon ajoutant à la barrière grandissante entre Greystowe Hall et le monde extérieur. Ils étaient bel et bien bloqués par la neige maintenant, réalisa Nell, piégés ensemble, qu'ils le veuillent ou non.

D'une manière ou d'une autre, elle soupçonnait que cela plaisait encore moins au comte qu'à elle.

Mais peut-être, juste peut-être, ses protestations n'étaient-elles pas aussi convaincantes qu'il voulait le faire croire.

CHAPITRE 3

L'héritier inattendu

Thomas Greystowe se tenait devant le miroir de ce qui avait été le cabinet de toilette de son cousin, se débarrassant méthodiquement des souillures du voyage tandis que son esprit se penchait sur les complications inattendues qui avaient accompagné son arrivée à Greystowe Hall.

Il était venu dans un but simple : évaluer l'état du domaine, régler ses affaires et déterminer si le sentiment ou le pragmatisme devait guider ses décisions quant à son avenir. Ce qu'il n'avait pas prévu, c'était de trouver sa tante en train de recevoir une invitée, particulièrement une invitée qui le regardait avec des yeux si clairs et intelligents, et qui parlait avec une politesse si pointue.

Lady Eleanor Winthrop. La sœur d'Isabella.

Thomas s'interrompit, ses mains immobiles sur sa cravate propre. Il n'avait rencontré Isabella qu'une seule fois, à son mariage avec son cousin, mais la ressemblance était frappante dans la ligne élégante du cou de Lady Eleanor, la grâce avec laquelle elle se tenait, et même l'inclinaison obstinée de son menton lorsqu'on la provoquait. Pourtant, là où Isabella n'avait été que chaleur dorée et charme délicat, cette sœur possédait quelque chose de bien plus redoutable.

La façon dont elle l'avait regardé lorsqu'il avait remis en question sa présence — comme s'il était un intrus dans la demeure même dont il avait hérité — avait été à la fois exaspérante et étrangement impressionnante. La plupart des jeunes dames de sa connaissance se seraient confondues en excuses ou auraient fondu en larmes sous un tel examen. Lady Eleanor, elle, s'était contentée d'arborer ce sourire glacial et lui avait clairement fait comprendre qu'elle jugeait ses manières déplorables.

Ce qui, pour être honnête, était probablement le cas.

Cela remua en lui quelque chose qu'il reconnaissait rarement : l'écho de cette vieille douleur qu'il avait enfouie sous les ordres et les rapports de bataille. Dans les moments plus calmes, quand le devoir ne le talonnait pas, il pouvait encore sentir le vide où logeaient jadis des choses plus simples : l'affection, l'aisance, le luxe d'être compris sans avoir à s'expliquer. Il s'était entraîné à ne pas désirer ces choses. Mais en regardant Lady Eleanor, avec ses yeux vifs et sa droiture, il sentit le fantôme du désir s'éveiller.

Thomas finit d'ajuster sa cravate avec plus de force que nécessaire. Il s'était habitué à la franchise militaire, à parler sans détour et à s'attendre à être compris sur-le-champ. La danse subtile des convenances mondaines n'avait jamais été son point fort, même avant que huit années de vie militaire n'aient davantage érodé sa patience pour la diplomatie des salons.

Malgré tout, il aurait pu se montrer plus courtois.

Le problème était que la présence de Lady Eleanor compliquait tout. Il avait espéré passer ces quelques jours à une évaluation tranquille, peut-être à arpenter les limites du domaine, à examiner les livres de comptes et à avoir des discussions franches avec sa tante sur la viabilité de la propriété. Au lieu de cela, il serait contraint de tenir des conversations polies et de feindre un intérêt pour les festivités de saison que sa tante avait sans aucun doute prévues pour le divertissement de son invitée.

Il n'était pas venu ici pour se laisser aller au sentimentalisme, et encore moins envers l'invitée de sa tante. Et pourtant, quelque chose dans la fierté défensive de Lady Eleanor avait éveillé une étincelle de curiosité inopportune.

Un coup sec interrompit ses sombres pensées.

— Entrez, lança-t-il, s'attendant à voir son valet ou peut-être Mrs. Hartwell pour une question d'ordre domestique.

Ce fut sa tante qui entra, ayant manifestement pris le temps de se ressaisir depuis leur précédente rencontre. Elle arborait l'expression qu'il lui connaissait depuis l'enfance — celle qui suggérait qu'il allait recevoir des instructions, qu'il le veuille ou non.

— Thomas, commença-t-elle sans préambule, il faut que nous parlions.

— En effet. Thomas se détourna du miroir, désignant les chaises disposées près de la fenêtre. Je t'en prie, assieds-toi. Je m'excuse d'être arrivé à l'improviste, mais j'ai jugé préférable de voir l'état réel du domaine plutôt que sa parure de fête.

Lady Greystowe s'installa avec l'air majestueux qui était naturel chez les femmes de sa génération.

— Et qu'espères-tu trouver, au juste ? La preuve que j'ai mené le domaine à la ruine en ton absence ?

Le ton acerbe le surprit. Sa tante avait toujours été redoutable, mais ce tranchant était nouveau — ou peut-être n'avait-il simplement pas été assez âgé pour le remarquer auparavant.

— Pas du tout, répondit Thomas prudemment. Mais j'avais besoin de comprendre ce dont j'ai hérité avant de prendre la moindre décision sur son avenir.

— Ah. L'expression de Lady Greystowe devint pensive. Tu n'as donc pas encore décidé de garder Greystowe Hall.

Ce n'était pas une question, et Thomas se découvrit une étrange réticence à confirmer ses soupçons.

— Je... j'envisage toutes les options.

— Je vois. Et la présence de Lady Eleanor interfère-t-elle avec cette réflexion ?

21

— Sa présence était inattendue, dit Thomas, choisissant ses mots avec une précision militaire. J'espérais avoir de l'intimité pendant mon évaluation.

— De l'intimité. Lady Greystowe répéta le mot comme s'il lui laissait un mauvais goût dans la bouche. Thomas, tu as été absent de cette famille pendant huit ans. Tu as hérité d'un titre de comte, d'un domaine et de responsabilités que tu n'as jamais souhaités, et ta réaction a été de te comporter comme un expert immobilier plutôt que comme le chef de famille.

La critique le piqua au vif, car elle contenait plus qu'un grain de vérité.

— Je suis un soldat, tante Margaret. Je comprends le devoir et la responsabilité. Mais je comprends aussi la différence entre le sentiment et le pragmatisme.

— Ah oui ? Lady Greystowe se leva et s'approcha de la fenêtre, son regard se posant sur le domaine couvert de neige. Dis-moi, Thomas, que vois-tu quand tu regardes Greystowe Hall ?

Thomas la rejoignit à la fenêtre, suivant son regard sur le paysage hivernal. — Je vois un vaste domaine qui nécessite un investissement considérable pour être entretenu correctement. Je vois une demeure trop grande pour sa situation actuelle, un personnel réduit, et des terres agricoles qui pourraient ou non fournir un revenu suffisant pour subvenir à l'ensemble.

— Et c'est tout ?

La question resta en suspens entre eux, lourde d'attente. Thomas regarda de nouveau, essayant de voir au-delà des préoccupations pratiques qui avaient dominé ses pensées depuis qu'il avait hérité du titre.

La neige avait transformé les jardins en un lieu presque magique. Des arbres centenaires se dressaient, drapés de blanc, leurs branches nues dessinant des motifs complexes sur le ciel pâle. Au loin, la fumée s'élevait des cheminées du village, et il pouvait tout juste distinguer des silhouettes se déplaçant le long de ce qui devait être la rue principale. C'était beau, certainement, mais la beauté était un luxe auquel il avait appris à ne pas se fier.

— Que voudrais-tu que je voie ? demanda-t-il enfin.

— Trois cents ans d'histoire familiale. Des générations de Greystowe qui ont bâti quelque chose de durable, de significatif. Les améliorations de ton cousin, la folie de ton arrière-grand-père qui est devenue la serre la plus admirée du comté. La voix de Lady Greystowe s'adoucit. L'endroit où Isabella a trouvé le bonheur, même si ce fut bref.

À la mention d'Isabella, Thomas sentit une oppression inattendue dans sa poitrine. Il avait à peine connu la femme de son cousin, mais sa mort l'avait affecté plus qu'il ne l'avait prévu. Peut-être parce que cela lui avait brutalement rappelé la fragilité du bonheur qu'il ne s'était jamais autorisé à rechercher.

— Je ne néglige pas l'histoire, dit-il à voix basse. Mais l'histoire ne paie pas les réparations du toit ni les gages des domestiques.

— Non, convint Lady Greystowe. Mais elle procure quelque chose que l'argent ne peut acheter : un sentiment d'appartenance, un but au-delà de la simple survie. Elle se tourna pour lui faire face. Dis-moi, Thomas, à quand remonte la dernière fois où tu t'es vraiment senti chez toi quelque part ?

La question le prit au dépourvu. Quand s'était-il senti chez lui pour la dernière fois ? Dans sa tente sur la Péninsule, entouré de ses hommes et uni par un objectif commun ? Dans son logement londonien, sobre et fonctionnel ? La réponse, réalisa-t-il avec un certain malaise, était : nulle part.

— Cela n'a rien à voir, dit-il pour éluder la question. Mon confort personnel n'est pas le problème.

— Vraiment ? Le sourire de Lady Greystowe avait une pointe de la malice dont il se souvenait de sa jeunesse. Tu sais, Eleanor a posé à peu près la même question sur le sentiment d'appartenance lorsque nous avons parlé ce matin.

Thomas se découvrit une curiosité inattendue pour ce que Lady

Eleanor avait pu dire d'autre, mais il refusa de donner à sa tante la satisfaction de lui poser la question.

— Je devrais m'habiller pour le déjeuner, dit-il plutôt, en se dirigeant vers sa garde-robe. J'ose espérer que le repas me donnera l'occasion de faire plus ample connaissance avec votre invitée.

— Oh, je le crois bien, répondit Lady Greystowe, et il y avait quelque chose dans son ton qui fit s'interrompre Thomas dans son choix de gilets.

— Tante Margaret, tu ne serais pas en train de manigancer une quelconque tentative de mariage, n'est-ce pas ?

L'expression de Lady Greystowe était l'image même de l'innocence. — Mon cher garçon, Lady Eleanor est en deuil de sa sœur bien-aimée. Elle est venue ici chercher la paix et une compagnie tranquille. La dernière chose qu'elle a à l'esprit serait un attachement inapproprié à un étranger.

La façon dont elle avait insisté sur « étranger » suggérait que le comportement de Thomas ne lui avait pas échappé, ni n'avait reçu son approbation.

— Parfait, dit-il, bien qu'il ne sût pas vraiment pourquoi cette confirmation devait lui inspirer des sentiments si mitigés. Parce que je n'ai ni le temps ni l'envie de me prêter à des flirts de salon.

— Bien sûr que non, acquiesça placidement Lady Greystowe. Quoique tu pourrais considérer que même les soldats ont besoin d'alliés, et Lady Eleanor a déjà prouvé qu'elle était capable de défendre sa position quand on la défie.

Sur ce commentaire énigmatique, elle partit, laissant Thomas méditer sur les implications de ses paroles tout en finissant de s'habiller.

Quand il descendit enfin, il trouva les deux dames au petit salon, engagées dans ce qui semblait être une discussion animée sur la meilleure façon de conserver les branches de conifères pour les décorations de fête. Lady Eleanor riait de quelque chose que sa tante avait dit, et le son était d'une musicalité inattendue ; rien à voir avec la voix froide et contrôlée qu'elle avait employée en lui parlant.

— Thomas, dit Lady Greystowe alors qu'il apparaissait dans l'embrasure de la porte, tu tombes à pic. Lady Eleanor me parlait des traditions de Noël dans le domaine de sa famille. Apparemment, leurs célébrations sont assez élaborées.

— Vraiment ? Thomas prit la chaise en face de Lady Eleanor, remarquant que son expression se faisait plus réservée à mesure qu'il s'installait. Je crains que les Noëls militaires aient tendance à être plus fonctionnels que festifs.

— Comme c'est décevant pour vous, répondit Lady Eleanor, bien que son ton suggérât qu'elle trouvait ses Noëls militaires tout à fait prévisibles plutôt que dignes de pitié. Mais je suppose que célébrer cette saison requiert une certaine appréciation de la joie et de la tradition.

La pique subtile atteignit sa cible, mais Thomas se surprit à presque admirer sa technique. — Tout à fait. J'ai constaté que la survie a tendance à primer sur le sentiment dans la plupart des circonstances.

— Quelle chance, alors, que vous vous trouviez dans des circonstances où la survie est assurée et où le sentiment pourrait être permis.

L'arrivée de Mme Hartwell avec le service du déjeuner empêcha Thomas de formuler une réponse à cette estocade particulière. Tandis qu'ils s'installaient pour leur repas — une excellente soupe, du pain frais, et ce qui semblait être les derniers légumes d'automne des jardins du domaine — Lady Greystowe orienta doucement la conversation vers des sujets plus neutres.

Malgré tous ses efforts pour se concentrer sur les commentaires de sa tante concernant les affaires du domaine et les nouvelles du village, Thomas sentit son regard revenir vers Lady Eleanor. Ses manières pleines d'assurance tandis qu'elle naviguait dans la conversation, la façon dont ses yeux s'illuminaient d'un intérêt sincère quand

Lady Greystowe parlait des traditions de Noël des tenanciers, le mouvement gracieux de ses mains lorsqu'elle gesticulait — tout en elle suggérait un raffinement né d'une véritable noblesse plutôt que d'un simple apprentissage social.

Il observait la façon délicate dont elle maniait sa cuillère quand elle leva soudain les yeux, le surprenant en pleine observation. Pendant un instant, leurs regards se croisèrent et se maintinrent, et Thomas sentit un étrange frémissement de conscience passer entre eux. Les joues de lady Eleanor s'empourprèrent légèrement, mais elle ne détourna pas le regard immédiatement. Au lieu de cela, elle pencha légèrement la tête, comme pour essayer de déchiffrer ce qu'elle avait vu dans son expression.

Thomas se racla la gorge et saisit son verre d'eau, agacé contre lui-même de s'être fait surprendre à la dévisager comme un jeune blanc-bec. Qu'y avait-il dans ces moments où elle baissait la garde qui rendait l'observation si aisée ? Quand ses défenses tombaient, comme c'était le cas en la douce compagnie de sa tante, lady Eleanor possédait une chaleur bien trop séduisante pour sa tranquillité d'esprit.

— J'étais justement en train de parler à Eleanor de la tradition du Boxing Day dans le village, dit lady Greystowe, et Thomas réalisa qu'il avait totalement manqué une partie de la conversation. Peut-être pourrais-tu nous escorter quand nous distribuerons les cadeaux aux métayers ?

— Si le temps le permet, répondit Thomas, bien qu'il fût déjà en train de calculer si une telle excursion entrerait en conflit avec l'inspection des comptes du domaine qu'il avait prévue.

— Oh, le temps sera bien assez clément d'ici là, dit lady Eleanor avec l'assurance d'une personne habituée à obtenir ce qu'elle veut. On m'a dit que la neige du Yorkshire est bien plus coopérative que sa réputation ne le suggère.

— Et qui vous a dit cela ?, demanda Thomas, sincèrement curieux. Avez-vous déjà visité la région ?

— Non, c'est la première fois que je viens aussi au nord. Mais je le tiens de bonne source. Le sourire de lady Eleanor contenait une pointe de malice qui lui rappela soudainement sa tante. Y compris de la part de Mrs Hartwell, qui m'assure que les routes seront assez dégagées pour les déplacements locaux d'ici un jour ou deux.

Thomas se demanda si lady Eleanor était aussi impatiente de s'échapper de Greystowe Hall qu'il l'était de la voir partir, ou si elle aimait simplement avoir raison sur les questions pratiques. Quoi qu'il en soit, la perspective de parcourir la campagne avec les deux dames commençait à lui paraître moins pénible qu'au premier abord.

Plus troublant encore : il commençait à s'en réjouir.

— Alors nous l'envisagerons certainement, dit-il, surpris par ses propres paroles.

Le sourire satisfait de lady Greystowe suggérait qu'elle avait orchestré tout cet échange, bien que Thomas ne vît pas très bien comment. Alors que le repas se terminait et qu'ils se préparaient à se retirer au salon, il réalisa que ses plans soigneusement établis pour une évaluation solitaire de son héritage avaient été complètement chamboulés.

La question était de savoir si lady Eleanor Winthrop représentait une complication importune, ou une occasion inattendue de voir Greystowe Hall avec des yeux entièrement nouveaux.

Quoi qu'il en soit, il se doutait que les prochains jours se révéleraient bien plus intéressants qu'il ne l'avait prévu.

Et bien plus dangereux pour la réserve qu'il avait si diligemment cultivée au fil de ses années de commandement.

CHAPITRE 4

Bloqués par la neige

L e lendemain matin, Nell se réveilla dans un silence de mauvais augure qui laissait présager un temps bien pire que les douces chutes de neige de la veille. Lorsqu'elle repoussa les lourds rideaux de la Chambre Bleue, elle eut le souffle coupé devant le spectacle qui s'offrait à elle derrière la vitre givrée.

La neige était tombée toute la nuit avec une violence qui avait transformé le paysage déjà immaculé en quelque chose de quasi surnaturel. Les jardins soigneusement entretenus avaient entièrement disparu sous des congères qui atteignaient presque les branches inférieures des ifs centenaires. L'allée était invisible, seulement marquée par le sommet des piliers de pierre qui encadraient le portail d'entrée. Même la forêt au-delà semblait assourdie et lointaine, comme si Greystowe Hall avait été transporté dans un royaume enchanté où le temps lui-même s'écoulait différemment.

Plus inquiétante encore était l'absence totale de mouvement dans le village en contrebas. Aucune fumée ne s'élevait des cheminées, aucune silhouette ne se déplaçait le long de ce qui aurait dû être la rue principale. C'était comme si le monde au-delà du domaine avait tout simplement cessé d'exister.

Un léger coup frappé à la porte interrompit sa contemplation de leur isolement. — Entrez, lança-t-elle, s'attendant à voir Mrs. Hartwell avec son chocolat du matin.

Ce fut plutôt Lady Greystowe qui entra, déjà habillée, mais arborant une expression mêlée d'inquiétude et de résignation qui mit immédiatement Nell sur ses gardes.

— Bonjour, ma chère. Je crains de vous apporter des nouvelles assez spectaculaires. Lady Greystowe s'approcha pour rejoindre Nell à la fenêtre, examinant le paysage métamorphosé avec l'œil expert de quelqu'un qui avait bravé de nombreux hivers dans le Yorkshire. — Nous sommes bel et bien bloqués par la neige, à ce qu'il semble. La cuisinière estime qu'il est tombé près de quatre-vingt-dix centimètres cette nuit, avec des congères bien plus hautes par endroits.

— Combien de temps de telles tempêtes durent-elles habituellement ? demanda Nell, bien qu'elle soupçonnât déjà connaître la réponse d'après l'expression de Lady Greystowe.

— Cela dépend entièrement du moment où le vent se calmera et de si nous aurons encore de la neige aujourd'hui. Mais je crains que nous ne devions nous préparer à plusieurs jours de confinement, au strict minimum. Le ton de Lady Greystowe se fit contrit. — J'espère sincèrement que cela ne se révélera pas trop fastidieux pour vous, ma chère. Je crains que nos options de divertissement ne soient assez limitées dans ces circonstances.

Nell se découvrit étrangement peu préoccupée par la perspective d'un isolement prolongé. En vérité, il y avait quelque chose d'assez libérateur à être complètement coupée des attentes et des obligations du monde extérieur. Aucune lettre ne pouvait arriver pour réclamer son attention pour des engagements sociaux qu'elle n'avait aucune envie d'honorer. Aucun parent bien intentionné ne pouvait apparaître soudainement avec de nouveaux projets pour son avenir matrimonial.

— Je pense que je m'en sortirai fort bien, dit-elle, et elle le pensait. — Bien que j'avoue être assez curieuse de voir comment Lord Greystowe réagira en voyant son programme d'évaluation si complètement perturbé.

Le sourire de Lady Greystowe prit une qualité résolument espiègle. — Thomas s'est toujours targué de sa capacité à s'adapter aux circonstances changeantes. Bien que je soupçonne qu'être piégé à l'intérieur avec deux femmes et peu d'occupations mettra à l'épreuve même sa patience militaire.

Comme s'ils l'avaient invoqué, des bruits de pas lourds dans le couloir annoncèrent l'approche du comte. Son coup à la porte fut bref — clairement celui d'un homme habitué à entrer dans les pièces sans cérémonie, mais qui faisait un geste pour respecter les convenances.

— Tante Margaret, j'imagine que tu as vu l'état des choses dehors, dit Thomas en entrant, toujours en robe de chambre et les cheveux sombres légèrement en désordre. Cette tenue décontractée le faisait paraître plus jeune, moins intense, et Nell se surprit à remarquer des détails qui lui avaient échappé la veille : la largeur de ses épaules, la façon dont ses yeux gris semblaient plus clairs à la lumière du matin, la petite cicatrice qui courait le long de sa tempe gauche.

— En effet, répondit Lady Greystowe. — Lady Eleanor et moi étions justement en train de discuter de la meilleure façon d'occuper notre temps durant notre isolement forcé.

Le regard de Thomas se posa sur Nell, et elle le vit détailler son apparence avec la même rigueur méthodique dont il avait fait preuve la veille. Gênée, elle réalisa qu'elle était encore en chemise de nuit et en peignoir, ses cheveux noirs tombant librement sur ses épaules. La chaleur lui monta aux joues tandis qu'elle reculait instinctivement pour mettre plus de distance entre eux.

— Mes excuses, dit Thomas, la voix légèrement plus rauque que d'habitude. — Je n'avais pas réalisé... c'est-à-dire, j'aurais dû attendre d'être dûment annoncé.

— Quelle absurdité, dit vivement Lady Greystowe, bien que Nell remarquât la lueur calculatrice dans ses yeux. — Nous sommes bien au-delà de telles formalités dans ces circonstances. D'ailleurs, Eleanor est parfaitement décente, et nous sommes tous en famille ici, n'est-ce pas ?

Le mot « famille » sembla flotter dans l'air avec une signification involontaire. Thomas s'éclaircit la gorge et se dirigea vers la fenêtre, tournant délibérément le dos pour accorder à Nell le peu d'intimité qu'il pouvait lui offrir.

— Les routes seront impraticables pendant au moins trois jours, dit-il, son ton retrouvant son autorité tranchante habituelle. — Possiblement plus longtemps si nous avons encore de la neige aujourd'hui, ce qui semble probable vu l'orientation des vents.

— Alors nous devrons simplement faire contre mauvaise fortune bon cœur, déclara Lady Greystowe avec le genre de détermination joyeuse qui suggérait qu'elle n'était pas entièrement mécontente de leur situation. — En fait, je crois que cela représente une excellente occasion de commencer sérieusement nos préparatifs de Noël.

Nell vit les épaules de Thomas se raidir au mot « Noël », bien que sa voix restât neutre. — Je suppose que l'oisiveté est préférable à des tentatives futiles de déplacement dans de telles conditions.

— L'oisiveté ? Les sourcils de Lady Greystowe se haussèrent d'une manière qui n'augurait rien de bon pour les espoirs de solitude de Thomas. Mon cher, il n'y a rien d'oisif dans la préparation de Noël. Eleanor et moi étions justement en train de discuter de la décoration du grand hall, et il y a des cadeaux à emballer, des menus à prévoir et toutes sortes de traditions saisonnières qui requièrent notre attention.

— Bien sûr, répondit Thomas, et Nell décela une note de résignation qui lui fit suspecter qu'il commençait à réaliser précisément comment sa tante avait l'intention d'occuper leur temps. Je m'efforcerai d'aider partout où ce sera possible.

— Splendide. Dans ce cas, peut-être pourrais-tu aller chercher des branches de conifères dans la véranda et les zones abritées près de la maison. Eleanor et moi ne pouvons guère nous aventurer dehors par un temps pareil, mais un homme robuste avec des bottes adéquates devrait s'en sortir sans problème.

Thomas se retourna vers elles, et Nell surprit dans son expression une lueur qui aurait pu être de l'amusement. — Vous souhaitez que je vous serve d'expédition de cueillette personnelle ?

— À moins que tu n'aies des engagements plus urgents ? s'enquit Lady Greystowe avec une innocence parfaite.

Le bref silence qui s'ensuivit fut empli de la reconnaissance tacite que l'évaluation soigneusement planifiée du domaine par Thomas avait été complètement déjouée par Dame Nature elle-même.

— Je crois que mon emploi du temps est devenu remarquablement flexible, dit-il enfin. Très bien. Je vais voir pour me procurer suffisamment de verdure pour tous les projets décoratifs que vous avez en tête.

— Excellent. Eleanor, peut-être pourriez-vous aider Thomas à déterminer quelles sortes de branchages seraient les plus appropriées ? Vous avez mentionné avoir de l'expérience avec les décorations de fêtes dans le domaine de votre famille.

Nell sentit un instant de panique à l'idée d'être seule avec le comte, surtout alors qu'elle était encore en chemise de nuit. Mais l'expression pleine d'attente de Lady Greystowe n'admettait aucune réplique, et elle pouvait difficilement avouer se sentir déstabilisée par sa présence sans s'exposer à des questions auxquelles elle préférait ne pas répondre.

— Certainement, parvint-elle à dire, bien que sa voix parût plus aiguë que d'habitude. Mais je devrais m'habiller d'abord, naturellement.

— Naturellement, acquiesça Thomas, et elle crut déceler une pointe de soulagement dans son ton. Disons dans une heure ? Cela devrait nous laisser à tous les deux suffisamment de temps pour nous préparer pour notre expédition.

Après son départ, Lady Greystowe se tourna vers Nell avec un sourire bien trop satisfait pour être rassurant.

— Quelle chance que Thomas soit si disposé à nous aider pour nos préparatifs, dit-elle. Et comme c'est pratique que tu aies de l'expérience pour le guider. Je crois bien que ce confinement pourrait s'avérer très... instructif pour vous deux.

Nell eut la nette impression que la définition d'« instructif » de Lady Greystowe englobait bien plus que les techniques de décoration de Noël.

Une heure plus tard, correctement vêtue de sa plus chaude robe de laine et les cheveux soigneusement coiffés, Nell retrouva Thomas dans la véranda. L'espace aux murs de verre était étonnamment chaud malgré le froid glacial du dehors, chauffé par un ingénieux système de tuyaux qui acheminait la chaleur depuis la maison principale. Des plantes exotiques qui auraient dû être en dormance en hiver prospéraient dans cet environnement contrôlé, créant une oasis presque tropicale au milieu de l'hiver du Yorkshire.

Thomas avait clairement pris sa mission de cueillette au sérieux. Il portait des bottes robustes, des gants épais et un lourd manteau qui accentuait sa prestance militaire. Dans ses mains, il tenait ce qui semblait être une petite hache et plusieurs longueurs de corde.

— J'ai pensé que nous pourrions commencer par les conifères robustes près des potagers, dit-il sans préambule. La neige a fait ployer de nombreuses branches assez bas pour les atteindre sans danger, et Mrs Hartwell m'assure que cela ne dérangera pas la cuisinière de sacrifier quelques rameaux à la cause de l'esprit de Noël.

— Cela semble parfaitement sensé, répondit Nell, surprise par sa minutie. Elle s'était attendue à ce qu'il aborde la tâche avec l'efficacité réticente d'un homme s'acquittant d'une obligation fâcheuse. Au lieu de cela, il semblait avoir mûrement réfléchi aux aspects pratiques de leur mission.

Ils traversèrent prudemment la véranda et sortirent par une porte latérale qui menait aux zones abritées derrière la maison principale.

Le froid frappa Nell comme un coup de poing, malgré ses vêtements chauds, et elle eut le souffle coupé devant son intensité.

— Peut-être devriez-vous rester à l'intérieur, suggéra Thomas en remarquant sa réaction. Je peux rassembler ce dont nous avons besoin et vous l'apporter pour évaluation.

— Absolument pas, répliqua Nell avec plus de véhémence qu'elle ne l'aurait voulu. Je ne suis pas si délicate que je ne puisse tolérer un peu d'air frais.

Thomas l'étudia un moment, et elle crut voir une lueur d'approbation dans son regard. — Très bien. Mais restez près de moi et dites-moi immédiatement si vous avez trop froid.

Alors qu'ils se frayaient un chemin à travers le jardin enneigé, choisissant les meilleures branches et discutant des mérites des différents types de conifères, Nell se surprit à apprécier cette collaboration plus qu'elle ne l'avait prévu. Thomas abordait la tâche avec la même rigueur systématique qu'il semblait appliquer à tout, mais il y avait quelque chose de presque enjoué dans la façon dont il testait la densité des branches et débattait des mérites esthétiques du pin par rapport au sapin.

La neige était par endroits plus profonde que prévu et, plus d'une fois, Nell se retrouva à peiner sur le terrain accidenté sous la surface immaculée. Lorsqu'elle trébucha légèrement sur une racine cachée, Thomas tendit la main par instinct, la stabilisant en posant une main ferme sur son coude. Le contact fut bref, mais il la laissa inexplicablement essoufflée, et elle fut reconnaissante de l'air froid qui pouvait expliquer la rougeur de ses joues.

— Attention, dit-il, sa voix plus douce que d'habitude. Le sol est plus traître qu'il n'y paraît.

Nell recula dès qu'elle retrouva son équilibre, époussetant la neige de ses gants avec une concentration exagérée. — Oui, eh bien. Je ne voudrais pas être un autre fardeau.

Thomas cilla, sa bouche s'ouvrant comme pour parler, puis se refermant. Il se retourna vers les branches de pin avec une intensité renouvelée, l'instant disparaissant sous une nappe de silence trop épaisse pour être traversée.

— Lady Greystowe m'a dit un jour qu'Isabella préférait le houx, dit-il à un moment donné, coupant avec soin une branche chargée de baies d'un rouge vif. Elle prétendait que le contraste des baies sur le vert était essentiel à un véritable esprit de Noël. C'était la première fois qu'il mentionnait Isabella sans y avoir été incité, et Nell sentit une vague de surprise à la manière désinvolte dont il parlait de sa sœur.

— Elle avait raison, dit doucement Nell. Isabella avait un goût excellent en la matière. Nos décorations de Noël à la maison étaient toujours magnifiques quand elle s'en occupait.

Thomas s'arrêta de couper, la regardant avec une expression qu'elle ne parvenait pas tout à fait à déchiffrer. — Elle doit terriblement vous manquer pendant les fêtes.

Cette simple phrase, dénuée de pitié ou de sympathie excessive, toucha Nell plus profondément que toutes les condoléances sophistiquées qu'elle avait reçues à Londres.

— C'est vrai, admit-elle. Le Noël dernier a été... difficile. Je ne pouvais supporter l'idée de célébrer quoi que ce soit si peu de temps après sa disparition.

— Et cette année ?

Nell réfléchit à la question tout en regardant Thomas envelopper soigneusement les branches coupées dans le tissu qu'ils avaient apporté pour les protéger pendant le transport. — Cette année, j'ai l'impression que c'est différent. C'est peut-être le fait d'être ici, où elle était heureuse. Ou peut-être est-ce simplement que le deuil évolue avec le temps.

— D'après mon expérience, dit Thomas à voix basse, le deuil ne nous quitte jamais vraiment. Mais il devient... plus gérable. Comme une blessure qui guérit mais laisse une cicatrice.

Il y avait quelque chose dans le ton de sa voix qui poussa Nell à le regarder de plus près.

— Vous parlez d'expérience.

Thomas ne la regarda pas. — J'ai perdu toute mon unité en Espagne, dit-il. De braves hommes. Mieux que ce que je méritais de commander.

Nell s'approcha, la neige crissant sous ses bottes. — Ce n'est pas votre faute.

Il croisa alors son regard — sans ciller, blessé. — Vraiment ?

Voilà, songea Nell, *à quoi ressemble le chagrin chez un homme qui ne s'est pas autorisé à pleurer.*

Le terrible aveu flottait entre eux, et Nell sentit son cœur se serrer face à la douleur qui se cachait sous son ton neutre. Telle était donc la forme de son deuil — la discipline, le silence, le contrôle. Pas si différent du sien, réalisa-t-elle, bien qu'il se manifestât différemment.

— Je suis désolée, dit-elle, bien que les mots fussent inadéquats.

Thomas se redressa, chargeant sur son épaule le fagot de branches de conifères avec une aisance consommée. — Merci. Cependant, ce que je veux dire, c'est que nous apprenons à porter nos pertes différemment avec le temps. Elles deviennent une partie de nous plutôt que quelque chose qui nous consume.

Tandis qu'ils retraversaient la neige en direction de la chaleur de la serre, Nell se surprit à voir Thomas Greystowe sous un jour entièrement nouveau. L'homme qui lui avait paru si froidement pragmatique la veille se révélait avoir une profondeur de compréhension née de ses propres confrontations avec la perte et la responsabilité.

En retirant ses gants humides, Nell jeta un regard de côté au comte. Il avait travaillé sans se plaindre, offert un bras sûr sans présomption, et s'était même souvenu du penchant d'Isabella pour le houx. Ce dernier détail la frappa de manière inattendue — non pas comme une comédie, mais comme la marque de quelqu'un qui avait été attentif, même lorsque personne ne l'attendait de lui. C'était une bonté si discrète, du genre que l'on ne remarque que rarement jusqu'à ce qu'elle ait disparu — ou qu'elle se tienne à vos côtés, de la neige dans les cheveux, sans rien demander en retour.

Peut-être, pensa-t-elle alors qu'ils tapaient des pieds pour enlever la neige de leurs bottes et pénétraient à nouveau dans l'étreinte de la serre, qu'être bloquée par la neige à Greystowe Hall ne serait finalement pas une si grande épreuve. Surtout quand le froid du dehors rendait la chaleur entre eux si indéniable.

CHAPITRE 5

Guirlandes et Tensions

L e grand hall de Greystowe avait été transformé en ce que l'on ne pouvait décrire que comme un champ de bataille des préparatifs de Noël. Des branches de conifères jonchaient les tables, des rubans plus ou moins démêlés étaient drapés sur les chaises, et une collection impressionnante d'ornements — certains de toute évidence de précieux héritages familiaux, d'autres charmants et faits à la main — attendait d'être déployée dans le vaste espace.

Nell se tenait au milieu de tout cela, observant ce chaos organisé avec l'œil d'un général préparant une campagne. Elle avait abordé la décoration du hall avec la même rigueur qu'elle mettait dans n'importe quel projet, mais la simple immensité du grand salon de Greystowe présentait des défis qu'elle n'avait pas prévus dans le domaine plus modeste de sa famille.

— Je crois que nous avons peut-être été trop ambitieuses, admit-elle à Lady Greystowe, qui était assise près du feu avec une tasse de thé et une expression de satisfaction sereine.

— Pas du tout, ma chère. Cela requiert simplement une bonne stratégie. Lady Greystowe désigna de la main l'imposante cheminée en pierre qui dominait une extrémité du hall. — Commencez par le manteau de la cheminée comme point central, puis progressez vers l'extérieur. Thomas ne devrait pas tarder à venir vous aider pour les décorations en hauteur.

Comme s'il avait été invoqué par les paroles de sa tante, Thomas apparut dans l'embrasure de la porte, examinant la scène avec ce que Nell commençait à reconnaître comme son expression habituelle d'évaluation. Aujourd'hui, cependant, elle crut déceler une pointe d'amusement sous ses airs militaires.

— Je vois que vous vous êtes mobilisée pour un assaut à grande échelle sur la décoration de Noël, remarqua-t-il, en contournant prudemment une guirlande particulièrement élaborée qui avait d'une manière ou d'une autre atterri sur le sol.

— Votre tante croit en la rigueur, répondit Nell, en essayant de démêler un ruban particulièrement récalcitrant. — Bien que je commence à soupçonner qu'elle a peut-être surestimé mes capacités d'organisation.

— Peu probable. Thomas s'approcha pour l'aider, ses doigts s'affairant avec une dextérité surprenante pour libérer la soie de ses nœuds. — D'après ce que j'ai observé hier, vos capacités sont tout à fait impressionnantes lorsqu'elles sont correctement mises en œuvre.

Nell haussa un sourcil. — Un compliment rare, milord.

— Pas si rare, murmura-t-il en jetant un coup d'œil vers la haute fenêtre qui donnait sur l'allée principale. — J'ai passé une semaine à convaincre mon commandant qu'un terrier à moitié gelé ferait une mascotte régimentaire convenable.

— Et il a accepté ?

— Il a cédé. À la fin de l'année, le chien avait un grade supérieur à celui de plusieurs lieutenants.

Nell rit, prise au dépourvu par la chaleur dans sa voix. — Je ne vous aurais pas imaginé sentimental.

— Je ne le suis pas, répondit-il d'un ton neutre. — Mais certaines choses méritent la loyauté.

Le compliment, délivré sur un ton pragmatique, fit monter une douce chaleur aux joues de Nell. Elle se surprit à étudier ses mains tandis qu'il travaillait — des mains fortes, capables, qui portaient de petites cicatrices de son service militaire, mais qui bougeaient avec une douceur surprenante lorsqu'elles manipulaient des objets délicats.

— Voilà, dit-il en lui présentant le ruban libéré. — Bien que je confesse ne pas savoir exactement quelle est la prochaine étape de cette campagne particulière.

— Le manteau de la cheminée, dit Nell, reconnaissante d'avoir une tâche concrète sur laquelle se concentrer. — Lady Greystowe suggère que nous commencions par là et que nous progressions vers l'extérieur.

— Une stratégie judicieuse. Sécuriser sa forteresse d'abord, puis étendre son territoire. Thomas rassembla une brassée de branches de conifères et se dirigea vers l'imposante cheminée. — Je suppose que vous avez une vision de ce à quoi cela devrait ressembler une fois terminé ?

Nell le suivit, les bras chargés de houx et de lierre. — Quelque chose d'élégant mais d'accueillant. Pas trop formel, mais digne de la grandeur de l'espace. Elle marqua une pause, réfléchissant. — Isabella disait toujours que les décorations de Noël devaient donner l'impression d'être chez soi, quelle que soit la splendeur des lieux.

Thomas était monté sur une chaise pour atteindre les parties supérieures du manteau de la cheminée, mais il s'interrompit à ses mots. — Elle avait un don pour rendre les endroits accueillants. Même durant le peu de temps où je l'ai connue, c'était évident.

Nell esquissa un léger sourire. — Oui, elle était l'étoile qui illuminait la vie de tous.

Thomas la regarda, une lueur indéchiffrable traversant son visage. — Certaines étoiles brillent trop fort pour durer.

Elle se figea. Était-ce de la sympathie ou un jugement ? Cette pensée la troubla plus qu'elle ne voulait l'admettre. Elle se pencha sur une botte de lierre, reconnaissante de cette distraction.

— Veniez-vous souvent la voir lorsqu'elle était en vie ? demanda Nell, se surprenant elle-même par son audace.

— Une seule fois, j'ai honte de le dire, répondit Thomas, en arrangeant les branches le long du rebord en pierre avec une note de regret. — Mes obligations militaires me tenaient éloigné plus que je ne l'aurais souhaité. J'ai manqué une grande partie du bonheur familial durant ces années.

La voix de Thomas portait une note de regret tandis qu'il arrangeait les branches le long du rebord en pierre. — Mes obligations militaires me tenaient éloigné plus que je ne l'aurais souhaité. Je soupçonne fort que j'ai manqué une grande partie du bonheur familial durant ces années.

Quelque chose dans son ton poussa Nell à le regarder de plus près. Il y avait dans son expression une mélancolie qu'elle n'avait pas encore vue, une suggestion que son absence de Greystowe Hall avait été autant une perte qu'un devoir.

— Eh bien, vous êtes là maintenant, dit-elle doucement. Ça doit bien compter pour quelque chose.

Thomas baissa les yeux vers elle et, l'espace d'un instant, leurs regards se croisèrent et s'attardèrent. Il y avait quelque chose de désarmé dans son expression, une vulnérabilité qui lui coupa légèrement le souffle.

— Oui, dit-il à voix basse. Je suppose que oui.

L'instant s'étira entre eux, empreint d'une conscience mutuelle qui n'avait rien à voir avec les décorations de Noël, mais tout à voir avec la lente évolution de leur entente qui s'était installée depuis leur expédition dans la neige.

— Si vous deux en avez fini avec votre petit moment, trancha la voix de Lady Greystowe avec un amusement évident, je crois que le lierre a besoin d'attention avant qu'il ne se fane complètement.

Nell sentit la chaleur lui monter aux joues tandis qu'elle se retournait vers son ouvrage, mais pas avant d'avoir aperçu les oreilles légèrement rougies de Thomas, qui reprenait sa propre tâche avec peut-être plus de vigueur que nécessaire.

— Bien sûr, parvint à dire Nell, se concentrant intensément sur l'arrangement des feuilles de lierre comme si c'était la tâche la plus cruciale au monde. Le lierre. Absolument.

Pendant l'heure qui suivit, ils travaillèrent avec une efficacité complice, Thomas s'occupant des placements en hauteur tandis que Nell gérait les arrangements plus détaillés à hauteur des yeux. De son fauteuil près du feu, Lady Greystowe commentait et suggérait, se levant de temps à autre pour inspecter leur progrès avec l'air d'un officier supérieur bienveillant.

Le travail lui-même se révéla étonnamment agréable. L'approche systématique de Thomas complétait l'instinct artistique de Nell, et ils développèrent un rythme de communication aisé — un geste par-ci, une brève consultation par-là, un sourire parfois partagé lorsqu'une branche particulièrement têtue finissait par coopérer.

— La guirlande le long de l'escalier vous demandera d'être à deux, annonça Lady Greystowe lorsqu'ils eurent fini avec la cheminée. La rampe est trop longue pour qu'une seule personne s'en occupe, et le drapé doit être régulier pour que le rendu soit correct.

Nell observa le grand escalier qui montait en une courbe gracieuse vers les étages supérieurs. La rampe était en effet impressionnante — en chêne poli qui luisait à la lueur du feu — mais la perspective de décorer toute sa longueur semblait intimidante.

— Nous devrons coordonner nos efforts, dit Thomas en suivant son regard. Vous prenez une extrémité, je prendrai l'autre, et nous avancerons vers le milieu.

— Cela me semble raisonnable, approuva Nell, bien qu'elle anticipât déjà les défis logistiques. Mais nous devrons maintenir un espacement constant, sinon l'effet sera inégal.

— Naturellement. Thomas rassembla la plus longue de leurs

guirlandes préparées, testant son poids et sa flexibilité. Les opérations militaires m'ont appris l'importance d'une coordination précise.

— Ce n'est pas vraiment une opération militaire, fit remarquer Nell, amusée.

— Vous seriez surprise du nombre de principes qui s'appliquent, répliqua Thomas avec ce qu'elle était presque certaine d'être l'ombre d'un sourire. Préparation, coordination et adaptabilité quand les circonstances changent de manière inattendue.

— Et que se passe-t-il lorsque les circonstances changent de manière inattendue en matière de décoration de Noël ?

— Improvisation, dit Thomas sans hésiter. Et parfois, retraite stratégique.

Malgré elle, Nell se mit à rire. — Je garderai cela à l'esprit si nous rencontrons des urgences décoratives.

Ils se positionnèrent aux extrémités opposées de la rampe et commencèrent le processus minutieux de drapage de la guirlande. Cela exigeait une communication constante — « Un peu plus haut de votre côté », « Pouvez-vous me donner plus de longueur ici ? », « Comment l'espacement vous paraît-il de votre angle ? » — et plus de coordination que Nell ne l'avait prévu.

Le véritable défi se présenta lorsqu'ils atteignirent la courbe de l'escalier, où la rampe décrivait un arc élégant. Soudain, ils se retrouvèrent à travailler beaucoup plus près l'un de l'autre, devant se passer la guirlande tout en se contournant mutuellement dans l'espace confiné.

— Si vous pouviez juste... commença Thomas, passant le bras autour d'elle pour ajuster le drapé.

— Je pense qu'il faudrait... commença Nell au même moment, se tournant directement sur son chemin.

Ils entrèrent doucement en collision. Les mains stables de Thomas se posèrent sur sa taille pour la retenir, tandis que les siennes vinrent instinctivement se poser contre sa poitrine. Un instant, ils restèrent figés dans une étreinte involontaire, la guirlande oubliée drapée autour d'eux comme une sorte de conspiration de Noël.

Nell se retrouva à lever les yeux vers ceux, gris, de Thomas, remarquant comment ils semblaient plus sombres dans l'ombre de l'escalier, comment son souffle créait de petits nuages de chaleur dans l'air plus frais près des fenêtres. Elle était parfaitement consciente de la force solide de sa poitrine sous ses paumes, de la façon dont ses mains restaient stables sur sa taille, comme s'il était réticent à la laisser partir.

— Je... commença-t-elle, sans avoir la moindre idée de ce qu'elle avait l'intention de dire.

— Oui, répondit Thomas, comme si elle avait posé une question plutôt que de balbutier une pensée incomplète.

Sa voix était basse, mais il y avait quelque chose en elle — quelque chose de non-dit et d'hésitant — qui la fit se demander à quoi exactement il venait de répondre.

Le son d'applaudissements lents et délibérés venant de la cheminée rompit le charme. Ils s'écartèrent brusquement, comme si la guirlande avait pris feu, se tournant tous deux pour voir Lady Greystowe les observer avec une expression de plaisir mal dissimulé.

— Magnifiquement exécuté, dit-elle avec un calme parfait. Bien que je croie que la guirlande puisse nécessiter quelques ajustements après cette... collaboration.

Nell eut l'impression que son visage allait littéralement prendre feu sous l'effet de l'embarras. Elle se pencha rapidement pour ramasser la verdure éparpillée, reconnaissante de cette excuse pour éviter de regarder Thomas ou sa tante.

— Tout à fait, dit Thomas d'une voix soigneusement neutre, bien que Nell ait perçu cette légère anicroche, cette quasi-erreur qu'il n'avait pas tout à fait réussi à masquer. Nous devrions... c'est-à-dire, la guirlande...

Lady Greystowe, toujours maîtresse du timing, choisit ce moment pour parler. — En effet. Bien que j'ose dire que si votre collaboration devient encore plus... enthousiaste, nous pourrions bien avoir besoin d'accrocher du gui, finalement.

Le mot « gui » semblait flotter dans l'air, aussi lourd de sens que l'aurait été la plante elle-même. Nell risqua un regard vers Thomas et constata qu'il la regardait droit dans les yeux, avec une expression qu'elle n'arrivait pas tout à fait à interpréter — un mélange d'amusement et de quelque chose de tout autre.

— Je crois, dit Thomas avec prudence, que nous devrions nous concentrer sur la finalisation de nos décorations actuelles avant d'envisager d'autres... éléments botaniques.

— Bien sûr, répondit Lady Greystowe, mais son sourire laissait entendre qu'elle trouvait la situation des plus satisfaisantes. Toutefois, je pense que nous avons fait d'excellents progrès pour une matinée. Peut-être pourrions-nous reprendre après le déjeuner ?

Tandis qu'ils rassemblaient leur matériel et se préparaient à se retirer dans la salle à manger, Nell se surprit à jeter des regards furtifs à Thomas. La camaraderie simple de leur matinée de travail s'était transformée en quelque chose de plus complexe, de plus chargé de possibilités qu'elle n'était pas tout à fait sûre d'être prête à explorer.

Mais alors qu'ils se dirigeaient vers la salle à manger, Thomas se mit à marcher à son pas, et lorsque leurs épaules se frôlèrent brièvement dans l'embrasure de la porte, aucun d'eux ne s'écarta.

Après tout, songea Nell, certaines possibilités valaient peut-être la peine d'être explorées.

CHAPITRE 6

Une promenade dans la neige

L a tempête qui avait fait rage toute la nuit s'était enfin calmée quelque temps avant l'aube, laissant derrière elle un monde transformé. Quand Nell se réveilla sous la lumière éclatante du soleil qui filtrait à travers les fenêtres givrées de la Chambre Bleue, elle eut du mal à croire au spectacle qui s'offrait à elle.

Le ciel s'était éclairci, révélant un bleu cristallin d'une vivacité presque irréelle sur le paysage d'un blanc immaculé. Chaque surface scintillait sous la neige fraîche qui captait la lumière du matin tel un parterre de diamants. Le poids oppressant du blizzard de la veille s'était dissipé, remplacé par une clarté vivifiante qui donnait l'impression que l'air lui-même frémissait de possibilités.

Elle s'habilla rapidement de sa plus chaude robe de laine — d'un vert forêt profond qui, selon Isabella, faisait ressortir la couleur de ses yeux — et descendit pour trouver la maisonnée déjà animée de cette énergie qui naît après avoir survécu à la fureur de la nature.

Mrs. Hartwell l'accueillit dans la salle du petit-déjeuner avec l'air satisfait d'un général dont les défenses ont tenu face à un siège.

— Bonjour, milady. Le cuisinier a réussi à préparer un véritable petit-déjeuner chaud malgré l'agitation d'hier, et milord est déjà sorti évaluer les dégâts sur le domaine.

— Des dégâts ? demanda Nell avec inquiétude, tout en acceptant la tasse de chocolat fumant que lui tendait la gouvernante.

— Oh, rien de grave, milady. Quelques branches sont tombées sous le poids de la neige, et l'un des portails du jardin aura besoin d'être réparé là où le vent l'a pris. Mais la maison a tenu bon, comme toujours. La fierté de Mrs. Hartwell pour Greystowe Hall était évidente dans chacun de ses mots. Milord semble tout à fait impressionné par la façon dont le domaine a résisté à la tempête.

Nell se surprit à être heureuse de cette nouvelle. Elle avait vu la façon dont Thomas regardait la propriété avec son œil d'expert, calculant les coûts et les obligations plutôt que d'en apprécier la force immuable. Peut-être que le fait d'être témoin de la résilience du manoir face au pire du Yorkshire l'aiderait-il à le voir comme le faisait sa tante — non pas comme un fardeau, mais comme un héritage digne d'être préservé.

Elle réfléchissait à cette possibilité devant son petit-déjeuner lorsque Lady Greystowe apparut, déjà habillée pour la journée et arborant une expression d'excitation à peine contenue.

— Ma chère Eleanor, quelle matinée glorieuse ! Je crois bien que le plus gros du mauvais temps est passé, et Thomas a confirmé que les abords immédiats sont tout à fait sûrs pour se promener. Lady Greystowe s'installa avec son thé, mais son énergie était clairement concentrée sur autre chose que de simples observations météorologiques. Je pensais que vous aimeriez peut-être explorer les jardins d'hiver comme il se doit, maintenant que nous pouvons nous aventurer dehors sans craindre d'être emportés par le vent.

— Cela semble merveilleux, répondit Nell, bien qu'elle ne pût se défaire du sentiment que la suggestion de Lady Greystowe cachait des arrières-pensées. Toutefois, j'avoue ne pas être certaine de posséder des chaussures appropriées pour une neige aussi épaisse.

— Oh, on peut facilement y remédier. Isabella gardait plusieurs paires de bottes d'hiver, et vous faites à peu près la même taille. Je suis sûre que nous pourrons trouver quelque chose qui vous convienne. Le sourire de Lady Greystowe avait cet éclat de malice familier. Et bien sûr, Thomas a proposé de servir de guide et de protection contre les plaques traîtresses. Si prévenant de sa part, ne trouvez-vous pas ?

Avant que Nell pût formuler une réponse à cette manœuvre de marieuse transparente, l'homme en question apparut dans l'embrasure de la porte, tapant ses bottes pour en chasser la neige et apportant avec lui l'odeur vivifiante de l'air hivernal. Le vent avait décoiffé ses cheveux ; le froid lui avait coloré les joues, et il se dégageait de lui une énergie qu'elle ne lui avait pas encore vue, comme si le passage de la tempête avait balayé un poids invisible qu'il portait.

— Bonjour, dit-il, son regard se posant directement sur Nell avec une chaleur qui fit s'emballer son pouls. J'espère que vous avez bien dormi malgré le vent ? La maison peut être assez spectaculaire par un temps pareil.

— Très bien, merci, réussit à dire Nell, en essayant de ne pas remarquer comment la lumière du matin accrochait le gris de ses yeux, les faisant paraître presque argentés. Mrs. Hartwell m'a dit que vous aviez inspecté le domaine. Pas de dégâts sérieux, j'espère ?

— Rien qui ne puisse être facilement réparé, répondit Thomas en s'approchant pour se réchauffer les mains près du feu. Le vieux chêne près du jardin est a perdu une grosse branche, mais elle était malade et devait de toute façon être abattue. En un sens, la tempête nous a rendu service en l'enlevant sans danger.

Il y avait quelque chose de différent dans son ton lorsqu'il parlait du bien-être du domaine — une préoccupation de propriétaire qui suggérait qu'il commençait à voir Greystowe Hall comme plus qu'une simple propriété à évaluer et potentiellement à céder.

— Tante Margaret a mentionné que vous seriez peut-être intéressée par une visite des jardins d'hiver, poursuivit-il, son attention se reportant sur Nell. La neige a créé des effets assez spectaculaires, si le froid ne vous dérange pas.

— J'adorerais les voir, dit Nell, surprise de la facilité avec laquelle les mots lui vinrent. La perspective de marcher à travers le paysage hivernal avec Thomas pour guide avait un attrait qui n'avait rien à voir avec l'intérêt botanique, mais tout à voir avec la façon dont il la regardait. Il semblait que sa compagnie serait un plaisir plutôt qu'une obligation.

— Splendide ! déclara Lady Greystowe avant que Nell ne puisse douter de son enthousiasme. Je vais faire descendre les bottes d'Isabella, et vous pourrez vous emmitoufler chaudement. L'air frais vous fera du bien à tous les deux après avoir été confinés à l'intérieur.

Une demi-heure plus tard, Nell se retrouva enveloppée dans une cape de laine avec les bottes d'Isabella, qui lui allaient effectivement à la perfection, lacées confortablement autour de ses chevilles. Thomas attendait près de la porte de la véranda, vêtu de la même manière pour l'hiver, bien que sa prestance militaire rendît élégant même le vêtement le plus pratique.

— Prête pour votre expédition ? demanda-t-il, lui offrant son bras avec une formalité démentie par l'anticipation dans son expression.

— Prête, confirma Nell, en acceptant son escorte et en essayant d'ignorer la façon dont son pouls bondit à ce contact.

Ils sortirent dans un monde métamorphosé, et la beauté qui les entourait coupa le souffle à Nell. Les jardins à la française étaient devenus un décor de conte de fées, chaque haie et chaque sentier transformés par la neige en courbes gracieuses et en ombres mystérieuses. Les branches nues des arbres dessinaient une dentelle complexe sur le ciel bleu, et la fontaine au centre de la roseraie était devenue une sculpture de glace et de neige qui semblait figer le mouvement dans une immobilité cristalline.

— C'est magnifique, souffla-t-elle, resserrant inconsciemment sa prise sur le bras de Thomas tandis qu'elle tentait d'absorber chaque détail.

— Isabella disait toujours que l'hiver était la saison où Greystowe révélait sa véritable nature, répondit Thomas, sa voix empreinte d'une chaleur qui témoignait d'une affection sincère pour ce souvenir. Elle prétendait que la neige révélait l'ossature du jardin, la structure sous-jacente qui le rendait magnifique en toute saison.

Ils marchèrent lentement le long de ce que Nell comprit peu à peu être l'allée principale du jardin, bien qu'elle fût invisible sous la neige immaculée. Thomas la guidait d'un pas sûr, sa connaissance des lieux évidente dans la manière dont il anticipait les obstacles cachés et choisissait le chemin le plus sûr.

— Vous connaissez bien le domaine, observa Nell, impressionnée par son assurance sur ce terrain.

— J'ai passé mes étés ici, quand j'étais enfant, répondit Thomas en s'arrêtant pour l'aider à contourner un banc couvert de neige. Avant que mon père ne décide que j'avais besoin de la discipline de l'école militaire. Je connaissais chaque sentier, chaque cachette, chaque arbre bon à escalader. Sa voix portait une note de nostalgie qui adoucissait son ton habituellement sec. C'est intéressant de découvrir tout ce dont je me souviens encore.

Ils avaient atteint la roseraie, où la géométrie soignée des parterres était soulignée par la neige et où l'entrée de la tonnelle était drapée de stalactites de glace, tel un lustre de cristal façonné par la nature. Isabella avait un jour écrit sur cet endroit précis en hiver, décrivant comment la tonnelle ressemblait à une porte de palais taillée dans la glace. En la voyant maintenant, Nell comprit l'enchantement de sa sœur — et elle ressentit un pincement doux-amer qui, d'une certaine manière, était plus apaisant que douloureux.

Thomas s'arrêta, son regard balayant le paysage hivernal avec une expression qui mêlait le souvenir et quelque chose qui aurait pu être de la nostalgie.

— Regrettez-vous parfois d'avoir choisi l'armée ? demanda doucement Nell, frappée par l'air songeur sur son visage.

Thomas resta silencieux un long moment, son souffle créant de petits nuages dans l'air vif tandis qu'il réfléchissait à sa question. — Je pensais que c'était ce que je voulais, dit-il finalement. L'ordre, un but, une chaîne de commandement claire. Pas d'émotions désordonnées ni d'obligations familiales compliquées. Il la regarda, et elle vit quelque chose de vulnérable dans ses yeux. Je me disais que les sentiments étaient un luxe que je ne pouvais pas me permettre.

— Et maintenant ?

— Maintenant, je me demande si je courais vers quelque chose ou si je le fuyais. La confession de Thomas fut faite à voix basse, comme si ses propres mots le surprenaient autant qu'elle.

Ils continuèrent à marcher, suivant ce qui devait être le chemin menant aux jardins sauvages. Ici, le paysage devenait moins formel, plus naturel, avec des bosquets de conifères qui avaient attrapé la neige sur leurs branches, telles des décorations de Noël créées par la nature. Le silence entre eux était confortable, empli du crissement feutré de leurs pas et du murmure occasionnel du vent dans les branches chargées de neige.

Lorsqu'ils atteignirent une légère éminence qui offrait une vue sur le manoir, Thomas s'arrêta, et Nell se surprit à regarder Greystowe Hall comme si elle le voyait pour la première fois. De ce point de vue, les anciens murs de pierre semblaient rougeoyer sous le soleil du matin, et la fumée s'élevant des cheminées parlait de chaleur et de vie à l'intérieur. L'endroit semblait être un lieu d'appartenance, où des familles avaient trouvé le bonheur pendant des générations.

— Je venais ici quand j'avais besoin de réfléchir, dit Thomas en suivant son regard. Il y a quelque chose dans le fait de voir le manoir de cette distance qui remet les choses en perspective.

— Quel genre de choses ? demanda Nell, bien qu'elle pensât peut-être déjà comprendre. Il y avait quelque chose dans cette vue qui faisait que le domaine semblait moins une propriété qu'un foyer.

— Savoir si le devoir et le sens pratique sont toujours la même chose, répondit Thomas. Savoir si préserver quelque chose de beau en vaut le coût, même lorsque les comptes n'y sont pas.

Nell se tourna pour étudier son profil, notant la façon dont son expression s'était adoucie en regardant la demeure de ses ancêtres. — Et à quelle conclusion êtes-vous parvenu ?

— Que je me posais peut-être les mauvaises questions, dit Thomas, sa voix portant une note de révélation. J'ai calculé si je pouvais me permettre de garder Greystowe Hall. J'aurais dû me demander si je pouvais me permettre de le perdre.

Nell se tourna vers lui. — Vous avez dit qu'il y avait une date limite.

Il hocha brièvement la tête. — Si je ne prends pas possession formellement — en prouvant l'occupation et la solvabilité — avant le jour des Rois, une partie des terres périphériques pourrait être vendue pour satisfaire la clause de la substitution. Le manoir lui-même resterait, pour l'instant. Mais dépouillé de ses revenus agricoles, il deviendrait un fardeau. Une coquille vide.

Elle resta silencieuse un instant. — Alors, ce lieu dépend de votre décision.

— Comme d'autres en dépendent. Les métayers, le personnel, ma tante... tous attendent de voir si je choisirai de conserver un héritage que je n'ai jamais demandé.

L'aveu resta en suspens entre eux, et Nell sentit son cœur se serrer à la douleur sous-jacente à ses paroles pragmatiques. — Peut-être, dit Nell, qu'il ne s'agit pas de ce que vous avez demandé, mais de ce que vous pourriez mériter.

Voici un homme qui s'était entraîné à valoriser le devoir plutôt que le désir, la responsabilité plutôt que le sentiment, et pourtant la vue de la demeure familiale dans sa beauté hivernale menaçait de défaire toutes ces défenses soigneusement érigées.

— Ce serait une perte immense, dit-elle gentiment. Pas seulement pour votre famille, mais pour tous ceux qui ont trouvé le bonheur ici. Les mots « y compris moi » flottèrent sur ses lèvres, mais elle se retint, surprise de la facilité avec laquelle cette pensée s'était formée.

Thomas se tourna alors pour la regarder, et il y avait quelque chose dans son expression qui lui coupa le souffle. — Je commence à le comprendre, dit-il à voix basse. Bien que j'avoue ne pas être entièrement sûr de savoir quoi faire de cette compréhension.

Nell hésita, ses mains gantées jointes devant elle.

— Vous avez dit quelque chose une fois, murmura-t-elle, sans tout à fait croiser son regard. À propos des étoiles qui brûlent trop fort.

Thomas pencha la tête. — Vraiment ?

— Oui. Quand nous décorions. J'ai cru que vous vouliez dire... elle s'interrompit, la voix tendue. Que je ne serais jamais qu'une pâle imitation d'Isabella.

Le vent souleva une congère derrière eux, mais aucun des deux ne bougea.

— Non, dit-il doucement, mais avec la clarté de quelqu'un qui tenait à être compris. Je voulais dire qu'elle n'a jamais vu le danger arriver. Vous, si. Vous vous protégez. Ce n'est pas de la faiblesse, Eleanor. C'est la raison pour laquelle vous êtes encore debout.

Nell expira, dans un son qui tenait à la fois du soupir et du soulagement. La douleur qu'elle n'avait pas nommée desserra son étreinte.

Ils se tenaient là, dans l'air vif du matin, deux personnes qui s'étaient retrouvées dans des circonstances auxquelles aucune ne s'était attendue, regardant une maison qui, d'une certaine manière, représentait des possibilités qu'aucune n'avait osé envisager. La neige scintillait autour d'eux comme des étoiles éparpillées, et le silence s'étirait, lourd de non-dits.

Ce fut Thomas qui rompit finalement le charme, bien que sa voix fût plus douce que d'habitude. — Nous devrions rentrer. Je suis certain que vos mains commencent à bleuir, et tante Margaret ne me le pardonnera jamais si je vous laisse prendre froid.

Nell baissa les yeux vers ses mains gantées, surprise de réaliser qu'elle avait en effet eu très froid sans s'en rendre compte. Mais alors que Thomas lui offrait de nouveau son bras, elle fut vivement consciente que la chaleur qui se propageait en elle n'avait rien à voir avec la perspective de retrouver les pièces chauffées de la maison.

Tandis qu'ils rebroussaient chemin dans la neige, marchant plus près l'un de l'autre à présent pour se protéger du froid, Nell se surprit à jeter des coups d'œil furtifs à Thomas. La posture militaire rigide qu'elle avait d'abord remarquée était toujours là, mais adoucie d'une manière ou d'une autre par leur expédition matinale. Il se déplaçait sur les terres de sa famille avec un sentiment d'appartenance grandissant qui semblait le surprendre autant que cela lui plaisait à elle.

Lorsqu'ils s'arrêtèrent sur une plaque de verglas particulièrement glissante, là où le sentier contournait une fontaine, Thomas resserra sa prise sur son bras, son autre main venant se poser sur sa taille pour la stabiliser tandis qu'elle avançait sur le sol périlleux. Pendant un instant, ils furent très proches, assez proches pour qu'elle pût voir les flocons de neige individuels pris dans ses cheveux sombres, assez proches pour remarquer la façon dont sa respiration s'était accélérée malgré le rythme tranquille de leur promenade.

— Attention, murmura-t-il, mais ses mains restèrent sur sa taille même après qu'elle eut retrouvé l'équilibre, comme s'il était réticent à la laisser partir.

Nell leva les yeux vers ses yeux gris, remarquant la façon dont ils semblaient refléter la lumière hivernale, la façon dont son regard semblait s'attarder sur son visage comme pour en mémoriser chaque détail. Il y avait quelque chose dans l'air entre eux — une conscience, une possibilité, le faible frémissement d'une connexion qu'aucun des deux n'était tout à fait prêt à reconnaître à voix haute.

— Merci, parvint-elle à dire, bien que les mots soient sortis plus haletants qu'elle ne l'avait voulu.

— C'est un plaisir, répondit Thomas, et il y avait quelque chose dans son ton qui suggérait qu'il entendait bien plus qu'une simple politesse.

Ils restèrent figés l'espace d'un battement de cœur de plus, les mains liées, leur souffle se mêlant dans l'air froid, le silence entre eux lourd de possibilités, avant que Thomas ne semble se ressaisir et ne recule avec une délibération prudente.

— La maison, dit-il, la voix légèrement plus rauque que d'habitude. — Nous devrions... c'est-à-dire, la chaleur...

— Oui, acquiesça vivement Nell, bien qu'elle se sentît étrangement désemparée lorsque ses mains se retirèrent. — Lady Greystowe va se demander ce que nous sommes devenus.

Alors qu'ils achevaient leur retour vers la véranda, maintenant tous deux une distance respectable, Nell ne pouvait se défaire du sentiment que quelque chose d'important avait changé entre eux. Les barrières que Thomas avait si soigneusement maintenues se fissuraient, et les aperçus de l'homme sous ses défenses se révélaient dangereusement séduisants.

Lorsqu'ils pénétrèrent enfin dans la chaleur accueillante de la véranda, Thomas l'aida à retirer sa cape avec la même attention délicate qu'il aurait pu accorder à un artefact précieux. Leurs doigts s'effleurèrent tandis qu'il soulevait la lourde laine de ses épaules, et Nell ressentit la même secousse de conscience qui avait marqué leur instant près de la fontaine.

— Eleanor, Thomas, vous voilà enfin ! La voix de lady Greystowe parvint de l'embrasure de la porte, bien que Nell crût déceler une note de satisfaction sous l'inquiétude maternelle. — Vous avez tous les deux l'air merveilleusement revigorés. J'ose espérer que les jardins valaient l'expédition ?

— Absolument, répondit Nell, s'efforçant de garder sa voix stable tout en évitant le regard de Thomas. — La beauté de l'hiver est vraiment tout à fait extraordinaire.

— En effet, convint Thomas, d'un ton soigneusement neutre, bien que Nell remarquât qu'il éprouvait des difficultés similaires à tenir une conversation normale. — Des plus... instructives.

Le sourire de lady Greystowe suggérait qu'elle avait entendu bien plus dans leurs réponses que l'un ou l'autre n'avait eu l'intention de révéler. — Splendide. Eh bien, peut-être aimeriez-vous tous les deux un chocolat chaud près du feu ? La cuisinière a préparé un déjeuner exquis, et je pensais que nous pourrions poursuivre notre discussion sur les préparatifs du réveillon de Noël de demain.

Alors qu'ils se dirigeaient vers le corps de la maison, Nell se sentit vivement consciente de la présence de Thomas marchant à ses côtés. L'expédition matinale avait révélé des facettes de son caractère qu'elle n'avait pas soupçonnées, et la chaleur grandissante de ses manières envers elle et Greystowe Hall suggérait des possibilités qu'elle n'était pas tout à fait sûre d'être prête à examiner.

Mais alors qu'ils s'installaient près du feu du salon avec des tasses de chocolat fumantes, et que lady Greystowe commençait à exposer ses plans pour le dîner du réveillon, Nell surprit Thomas qui l'observait avec une expression de réflexion tranquille qui fit s'accélérer son pouls, dans l'attente des révélations que la journée pourrait encore apporter.

Dehors, de la neige fraîche avait recommencé à tomber, mais doucement cette fois — non pas la tempête féroce de l'enfermement, mais la douce bénédiction d'un monde en train de se renouveler.

CHAPITRE 7

Le souper du réveillon de Noël

L e salon de Greystowe Hall avait été transformé pour le réveillon de Noël. Des bougies scintillaient sur chaque surface disponible : de hautes chandelles dans des bougeoirs en argent, d'épaisses bougies nichées au milieu de rameaux de conifères, et de délicates veilleuses qui projetaient des ombres dansantes sur les anciens murs de pierre. Le parfum du pin et du houx se mêlait à la chaleur du bois de pommier qui se consumait dans le grand foyer, créant une atmosphère qui semblait envelopper le petit comité comme une étreinte.

Nell se tenait devant le grand miroir du Salon Bleu, ajustant le simple rang de perles à son cou avec des mains qui tremblaient légèrement. Elle avait choisi sa plus belle robe de soie noire, appropriée pour son deuil, mais assez élégante pour la soirée soigneusement organisée par Lady Greystowe. La coupe de la robe était seyante sans être ostentatoire, et elle avait laissé sa femme de chambre lui coiffer ses cheveux bruns dans un style plus souple que d'habitude, avec de douces boucles encadrant son visage.

Ils n'étaient que tous les trois pour le dîner, pourtant Nell ressentait une anticipation qui n'avait rien à voir avec le repas, mais tout à voir avec la façon dont Thomas l'avait regardée pendant leur promenade du matin. Quelque chose avait changé entre eux dans les jardins enneigés, une barrière avait commencé à se fissurer, et elle se surprenait à la fois à désirer et à redouter ce que la soirée pourrait révéler.

Un léger coup à la porte interrompit ses préparatifs fébriles.

— Entrez, appela-t-elle.

Lady Greystowe entra, resplendissante dans une robe de soie bordeaux foncé, avec les grenats de son défunt mari à son cou et à ses oreilles. Dans ses mains, elle tenait une petite boîte de velours qui semblait luire à la lueur des bougies.

— Ma chère, dit Lady Greystowe, la voix empreinte d'une émotion inhabituelle, vous êtes absolument ravissante.

— Merci, répondit Nell, bien que son attention fût attirée par la boîte dans les mains de la vieille dame. Est-ce que... ?

— Quelque chose que j'espérais que vous porteriez ce soir. Lady Greystowe s'approcha et ouvrit la boîte pour révéler un pendentif qui coupa le souffle à Nell. C'était un objet délicat : un petit ovale d'ambre serti dans un filigrane d'or, suspendu à une fine chaîne qui captait la lumière comme des rayons de soleil emprisonnés.

— Il est exquis, souffla Nell, mais quelque chose dans l'expression de Lady Greystowe suggérait qu'il s'agissait de plus qu'un simple bijou.

— Il appartenait à Isabella, dit doucement Lady Greystowe. Elle le portait le jour de son mariage, et souvent durant les moments les plus heureux de son séjour ici. Quand elle... La voix de la vieille dame se brisa légèrement. Avant de mourir, elle m'a demandé de le donner à quelqu'un qui ramènerait la joie à Greystowe Hall.

Nell sentit les larmes lui piquer les yeux en regardant le pendentif. Porter quelque chose qui avait appartenu à Isabella lui semblait être à la fois un honneur et une responsabilité qu'elle n'était pas certaine de pouvoir assumer.

— Je ne pourrais jamais..., commença-t-elle, mais Lady Greystowe s'avança avec l'air déterminé de quelqu'un qui n'accepterait aucun refus.

— Elle vous a spécifiquement mentionnée, ma chère. Elle a dit que s'il lui arrivait quelque chose, je devais me souvenir que vous aviez le don d'apporter de la lumière dans les endroits sombres. Les mains de Lady Greystowe étaient douces mais fermes lorsqu'elle souleva la chaîne. Puis-je ?

Nell hocha la tête, trop émue pour parler, et inclina le chef pour permettre à Lady Greystowe d'attacher le pendentif autour de son cou. L'ambre semblait chaud contre sa peau, comme s'il portait en lui un écho de l'esprit de sa sœur.

— Voilà, dit Lady Greystowe avec satisfaction en reculant pour admirer l'effet. Parfait. Isabella serait si heureuse de vous le voir porter.

Avant que Nell pût répondre, elles furent interrompues par le bruit de pas masculins dans le couloir. La voix de Thomas se fit entendre clairement alors qu'il parlait à son valet d'un détail de sa tenue de soirée.

— Il a été plutôt méticuleux sur son apparence ce soir, observa Lady Greystowe avec un amusement évident. Je crois qu'il a changé de cravate trois fois. Très inhabituel pour un homme qui aborde généralement sa tenue avec une efficacité militaire.

Les implications de cette information provoquèrent un frémissement d'anticipation dans l'estomac de Nell. Si Thomas prenait un soin particulier de son apparence, cela suggérait que la soirée avait également de l'importance pour lui.

Lorsqu'elles descendirent, elles découvrirent que la salle à manger avait été préparée avec la même attention portée à la beauté et à l'intimité. La longue table avait été abandonnée au profit d'une plus petite table ronde placée près de la cheminée, dressée pour trois avec la plus fine porcelaine et le plus beau cristal. D'autres bougies constituaient le seul éclairage, créant des puits de lumière dorée qui donnaient à la pièce l'aspect d'un écrin à bijoux.

Thomas se tenait près de la cheminée, et la vue de l'homme lui coupa le souffle. Il portait sa tenue de soirée avec la même précision qu'il apportait à toute autre chose, mais il y avait quelque chose de différent dans son maintien ce soir. Sa posture militaire rigide s'était légèrement adoucie, et quand il se tourna pour les accueillir, son sourire contenait une chaleur qui atteignit ses yeux.

— Mesdames, dit-il, offrant des révérences formelles qui parvinrent à transmettre à la fois respect et affection. Vous êtes toutes deux radieuses ce soir.

Son regard s'attarda sur Nell, et elle vit le moment exact où il remarqua le pendentif. Quelque chose traversa son expression — de la reconnaissance, peut-être, ou de la surprise — avant que ses traits ne se figent en une expression qui aurait pu être de la gratitude.

— Tante Margaret, dit-il à voix basse, c'est le pendentif d'Isabella.

— En effet, répondit Lady Greystowe avec un calme parfait. J'ai pensé qu'il devait revenir à quelqu'un qui honorerait son histoire tout en créant de nouveaux souvenirs.

Le regard qui passa entre Thomas et sa tante parlait d'une compréhension qui allait au-delà des mots. Puis son attention se reporta sur Nell, et il y avait dans son expression quelque chose qui fit s'accélérer le pouls de la jeune femme.

— Cela vous va bien, dit-il simplement, mais sa voix avait une profondeur qui suggérait de multiples sens sous cette observation polie.

Le repas qui suivit ne ressemblait à aucun autre que Nell avait connu depuis la mort d'Isabella. Le cuisinier s'était surpassé malgré les effectifs réduits de la maisonnée : une soupe délicate parfumée aux herbes des jardins du domaine, une volaille parfaitement rôtie accompagnée de légumes d'hiver, et un syllabub raffiné qui avait le goût même de Noël. Mais plus encore que la nourriture, ce fut l'atmosphère qui l'enchanta.

Lady Greystowe se révéla être une hôtesse magistrale, guidant la conversation vers des sujets qui leur permettaient à tous les trois de participer, sans jamais laisser l'ambiance s'alourdir ou devenir gênante. Elle fit raconter à Thomas des histoires sur ses étés d'enfance à Greystowe, encouragea Nell à partager des souvenirs des traditions de Noël dans le domaine familial, et parvint d'une manière ou d'une autre à tisser leurs histoires distinctes en quelque chose qui ressemblait au début d'un récit commun.

— Je me souviens d'un Noël, Thomas avait peut-être dix ans, dit Lady Greystowe alors qu'ils s'attardaient devant leur verre de vin, il a décidé que le domaine avait besoin d'une véritable bûche de Noël et a ramené quelque chose qui était pratiquement un petit arbre. Il a fallu quatre valets de pied pour la faire entrer dans la cheminée, et elle a brûlé pendant près d'une semaine.

— J'abordais les traditions de Noël avec le plus grand sérieux, répondit Thomas avec ce que Nell devina être de l'embarras. J'avais lu que la bûche de Noël devait brûler sans interruption jusqu'à l'Épiphanie.

— Et ce fut le cas ? demanda Nell, ravie d'entrevoir le garçon appliqué que Thomas avait été, prenant ses responsabilités de Noël très au sérieux.

— Presque. Mais je crois que le cuisinier a menacé de démissionner quand la fumée a fait sentir à toute la maison l'incendie de forêt pendant des jours. Le sourire de Thomas trahissait une véritable tendresse pour ce souvenir. J'étais anéanti quand ils ont finalement dû retirer ce qu'il en restait. J'étais certain d'avoir manqué à mon devoir d'assurer la bonne fortune de la maisonnée pour Noël.

— Un enfant si sérieux, dit Lady Greystowe avec affection. Toujours si soucieux de tout faire correctement, d'être à la hauteur des attentes.

— Certaines choses ne changent jamais, observa Thomas d'un ton ironique, mais il y avait quelque chose dans sa voix qui laissait entendre qu'il commençait à se demander si être à la hauteur des attentes était toujours la plus grande des vertus.

Au fil de la soirée, Nell se surprit à observer Thomas avec une fascination grandissante. Loin de la formalité des tenues de jour, entouré par la lueur des bougies et l'affection familiale, il paraissait plus jeune, plus détendu. Son rire venait plus facilement, ses sourires étaient moins sur la défensive, et par moments, elle entrevoyait le garçon qui s'était inquiété des bûches de Noël et de la bonne fortune des fêtes.

Lorsqu'ils passèrent au salon pour le café et les petits cadeaux que Lady Greystowe avait préparés, l'atmosphère intime ne fit que s'intensifier. Elle avait manifestement planifié cette soirée avec soin : de petits présents qui témoignaient de sa prévenance plutôt que de leur coût, choisis avec attention pour honorer leurs goûts personnels tout en les unissant en une famille temporaire.

Pour Thomas, elle avait trouvé un volume de poésie relié en cuir qui avait appartenu à son père. Pour Nell, une délicate boîte d'aquarelles qui, selon elle, prenait la poussière dans les réserves d'art du domaine, mais qui était clairement d'excellente qualité. Et pour elle-même, elle accepta un magnifique carnet relié que Thomas avait réussi à se procurer malgré leur isolement — un témoignage de son ingéniosité et de l'affection grandissante qu'il portait à sa tante.

— Je me suis dit que tu aimerais peut-être consigner tes observations sur la gestion du domaine, dit Thomas alors que Lady Greystowe examinait le carnet avec un plaisir évident. Tes idées ont été… éclairantes durant mon évaluation.

C'était une façon diplomatique de dire que le point de vue de sa tante avait changé sa perception de Greystowe Hall, et Nell vit le sourire satisfait de Lady Greystowe à cet aveu.

— Bien, dit Lady Greystowe en s'installant plus confortablement dans son fauteuil, je crois que la veille de Noël appelle une lecture. Eleanor, ma chère, nous feriez-vous l'honneur de nous lire un passage de ce recueil de poésie qu'Isabella aimait tant ?

Nell sentit le serrement familier dans sa poitrine à la mention de sa sœur, mais il était plus doux à présent, moins vif qu'auparavant. Elle alla chercher le petit volume qu'elle portait sur elle depuis son arrivée à Greystowe — l'exemplaire personnel d'Isabella des poèmes de Noël, ses pages douces au toucher et marquées des annotations soignées de sa sœur.

— Elle aimait particulièrement celui-ci, dit Nell en trouvant la page familière. Le poème était une douce célébration, évoquant la beauté de l'hiver et la chaleur que l'on trouve en se réunissant avec ceux que l'on aime. Tandis qu'elle lisait, sa voix s'affermissant à chaque strophe, elle prit conscience du silence parfait qui régnait dans la pièce. Même le feu semblait brûler plus doucement, comme si la Nature elle-même souhaitait écouter.

Lorsqu'elle termina, le silence qui suivit n'était pas vide mais plein, empreint d'une émotion partagée et du sentiment que la présence d'Isabella bénissait leur petite célébration.

— Magnifique, dit Thomas à voix basse, et lorsque Nell leva les yeux, elle vit son regard posé sur elle avec une intensité qui fit battre son cœur. Elle avait bien choisi.

— En toutes choses, ajouta doucement Lady Greystowe, et Nell eut la nette impression qu'elle parlait de bien plus que de goût littéraire.

Alors que la soirée touchait à sa fin, Lady Greystowe se leva avec la grâce de quelqu'un qui effectue une sortie soigneusement planifiée. — Je crois que je vais me retirer et vous laisser, vous les jeunes, profiter du feu. Thomas, peut-être pourriez-vous vous assurer qu'Eleanor ne manque de rien pour son confort ?

La suggestion fut faite avec une innocence si parfaite qu'il fallut un moment pour que ses implications se fassent sentir. On les laissait délibérément seuls, et à en juger par la lueur de satisfaction dans les yeux de Lady Greystowe, telle avait été son intention depuis le début.

— Certainement, répondit Thomas, bien que Nell remarquât une légère tension dans sa voix, suggérant que lui aussi avait saisi l'intention de sa tante.

Après que Lady Greystowe se fut retirée avec des vœux de doux rêves et de bénédictions de Noël, Nell se retrouva seule avec Thomas dans le salon éclairé aux bougies. Le feu s'était réduit à des braises ardentes, et les seuls bruits étaient le doux tic-tac de l'horloge de cheminée et le léger murmure de la neige contre les fenêtres.

— Encore un peu de café ? demanda Thomas, sa voix empreinte d'une formalité qui semblait en décalage avec l'atmosphère intime que Lady Greystowe avait si soigneusement créée.

— Merci, répondit Nell, sans toutefois faire mine de boire la tasse qu'il lui tendait. Au lieu de cela, elle se surprit à étudier son profil alors qu'il reprenait sa place, notant la façon dont la lueur du feu jouait sur ses traits et adoucissait les lignes dures que la vie militaire y avait gravées.

— La soirée a été très agréable, dit-elle finalement, lorsque le silence menaça de devenir gênant.

— Oui, acquiesça Thomas, mais son ton était distrait, comme si ses pensées étaient ailleurs. Il regardait le pendentif à son cou, réalisat-elle, son expression indéchiffrable dans la pénombre.

— Elle aurait aimé vous voir porter ça, dit-il soudain, sa voix douce mais claire. Isabella, je veux dire. Elle avait des opinions bien arrêtées sur les gens, sur qui avait sa place où et avec qui.

Il y avait quelque chose dans son ton qui poussa Nell à poser sa tasse de café et à lui accorder toute son attention. — Quelle sorte d'opinions ?

Thomas garda le silence un long moment, semblant rassembler ses pensées avec la même approche systématique qu'il appliquait à la planification militaire. Quand il parla enfin, ses mots vinrent lentement, comme s'il soupesait chacun d'eux avant de le prononcer.

— Elle m'écrivait, vous savez. Durant les derniers mois, quand elle était... quand elle savait que l'accouchement serait difficile. — Sa voix se brisa légèrement, mais il continua. — Elle parlait souvent de vous. Disait que vous aviez le don d'apporter du réconfort dans les moments sombres, d'aider les gens à se sentir moins seuls dans leur chagrin.

Nell sentit les larmes lui piquer les yeux face à cette révélation inattendue. — Elle ne m'a jamais dit qu'elle correspondait avec vous.

— Je pense qu'elle essayait de me préparer, dit Thomas doucement. À la possibilité que les choses ne se terminent pas bien. Elle voulait s'assurer que ceux qu'elle aimait ne seraient pas laissés entièrement seuls avec leur deuil.

Cet aveu flottait entre eux, lourd de sous-entendus. Thomas ne reconnaissait pas seulement la mort de sa cousine, mais aussi sa propre perte — et peut-être, Nell osa l'espérer, suggérait-il qu'elle avait d'une manière ou d'une autre aidé à guérir cette blessure.

— Elle a aussi dit, poursuivit Thomas, sa voix se faisant encore plus basse, que lorsque je retournerais enfin à Greystowe, je devrais prêter attention à la personne qui ferait que la maison redevienne un foyer.

Le souffle de Nell se coupa à ces mots, à leur signification possible. Le pendentif à son cou sembla se réchauffer, comme si l'esprit d'Isabella était d'une certaine manière présent dans la pièce, bénissant la compréhension qui naissait entre eux.

— Thomas, commença-t-elle, mais il leva une main, son expression sérieuse.

— Je suis venu ici pour évaluer si Greystowe Hall valait la peine d'être conservé, dit-il, ses yeux gris rencontrant directement les siens. J'ai cru qu'il s'agissait d'une question de finances, de considérations pratiques contre un attachement sentimental.

— Et maintenant ? demanda Nell, bien que son cœur battît si fort qu'elle s'étonnait qu'il ne l'entende pas.

— Maintenant, je comprends que la vraie question n'a jamais concerné la maison, répondit Thomas. Il s'agissait de savoir si j'étais assez courageux pour arrêter de fuir la possibilité d'appartenir à un endroit. D'appartenir à quelqu'un.

Les mots restèrent en suspens dans l'air éclairé par la lueur des bougies, lourds de sens et de possibilités. Nell eut l'impression de se tenir au bord d'un précipice — un pas en avant changerait tout, mais elle n'était pas certaine d'avoir le courage de le faire.

— La maison est différente quand vous êtes là, continua Thomas, sa voix à peine plus qu'un murmure. Plus chaleureuse. Plus vivante. Plus comme le foyer dont je me souviens de mon enfance que comme le fardeau dont j'ai hérité.

— Thomas, répéta Nell, et cette fois, sa voix portait une note d'avertissement. Vous devez faire attention à ce que vous dites. Je suis encore en deuil, je trouve encore mon chemin à travers le chagrin. Je ne peux pas...

— Je ne vous demande rien d'autre que d'écouter, l'interrompit doucement Thomas. Je sais que ce n'est ni le moment ni l'endroit pour... pour ce que j'aimerais dire dans d'autres circonstances. Mais j'avais besoin que vous sachiez que votre présence ici a signifié plus que du réconfort. Elle a signifié l'espoir.

Le feu crépita doucement dans le silence qui suivit, et Nell se surprit à étudier le visage de Thomas dans la lumière dorée. Il y avait là une vulnérabilité, soigneusement contrôlée mais indéniable. Voici un homme qui avait passé des années à bâtir des murs autour de son cœur, et ces murs s'effritaient face à des possibilités qu'il ne s'était jamais autorisé à envisager.

— Lorsque votre période de deuil prendra fin, dit finalement Thomas, lorsque vous serez prête à envisager votre avenir... j'espère que vous vous souviendrez de cette soirée. Souvenez-vous qu'il y a une place ici pour vous, si vous choisissez de la prendre.

Ce n'était pas tout à fait une demande en mariage, ni tout à fait une déclaration, mais quelque chose de plus hésitant et d'infiniment plus précieux : l'offre d'une possibilité, la promesse d'une patience, la reconnaissance que certaines choses valaient la peine d'attendre.

— Je m'en souviendrai, murmura Nell, sa main se portant instinctivement au pendentif à son cou. De tout.

Ils restèrent alors assis dans un silence confortable, regardant le feu se consumer jusqu'à devenir des braises tandis que la neige continuait de tomber derrière les fenêtres. Ni l'un ni l'autre ne parla d'amour directement, mais il était là dans la pièce avec eux — doux, patient et plein de promesses pour tout ce que l'avenir pourrait apporter.

Quand Thomas la raccompagna finalement au pied de l'escalier, sa main s'attarda sur la sienne un instant de plus que ce que les convenances exigeaient.

— Joyeux Noël, Eleanor, dit-il doucement.

— Joyeux Noël, Thomas, répondit-elle, puis, avec un courage qui les surprit tous les deux, elle se haussa sur la pointe des pieds et déposa un doux baiser sur sa joue avant de disparaître dans l'escalier.

Thomas resta dans le hall assombri bien après que le bruit de ses pas se fut estompé, une main touchant l'endroit où les lèvres de la jeune femme avaient brièvement réchauffé sa peau, et il sourit dans l'obscurité.

Dehors, la neige continuait de tomber — non pas la tempête violente qui les avait confinés, mais la douce bénédiction d'un monde qui se renouvelait.

CHAPITRE 8

L'Offre du Comte

N ell se réveilla le matin de Noël au son des cloches de l'église, portées par l'air vif de l'hiver. L'espace d'un instant, elle resta immobile dans la chaleur de son lit, savourant le souvenir de la soirée précédente : les mots précaution-neux de Thomas, le poids du pendentif d'Isabella contre sa gorge, et le tendre baiser qu'elle avait osé déposer sur sa joue avant de fuir vers la sécurité de ses appartements.

Avait-elle été trop audacieuse ? La question l'avait tourmentée pendant les longues heures de la nuit, alternant avec des moments d'un émerveillement haletant à l'idée que Thomas puisse réellement tenir à elle plus qu'à une simple invitée bienvenue ou au souvenir de sa cousine bien-aimée.

Le pendentif reposait sur sa table de chevet, là où elle l'avait soigneusement placé avant de se coucher, sa surface ambrée captant la lumière matinale qui filtrait par ses fenêtres. Le cadeau d'Isabella, car c'était sûrement l'intention d'Isabella depuis le début, lui avait été transmis par les mains aimantes de Lady Greystowe. Cette pensée lui apporta du réconfort, tempéré toutefois par un poids tacite du devoir. Si sa sœur avait d'une manière ou d'une autre orchestré ce lien d'outre-tombe, quelles obligations cela créait-il ?

Un léger coup frappé à la porte interrompit ses réflexions. — Entrez, appela-t-elle, s'attendant à son plateau de petit-déjeuner.

À la place, une jeune femme de chambre qu'elle ne reconnut pas entra, son excitation évidente à peine contenue sous une déférence de rigueur. — Je vous demande pardon, milady, mais il y a eu une livraison du village. Un panier, milady, et Madame Hartwell dit que c'est très inhabituel pour un matin de Noël.

— Une livraison ? demanda Nell en se redressant, curieuse malgré sa préoccupation pour des questions plus graves. Qui serait donc dehors par un temps pareil le jour de Noël ?

— Le jeune Tom, de la chaumière de la veuve Hartley, milady. Il dit que sa grand-mère l'a envoyé spécialement, neige ou pas neige, avec ses remerciements reconnaissants à l'intention de sa Seigneurie. Les yeux de la servante pétillaient du plaisir de prendre part à quelque chose d'important. Madame Hartwell dit que tout le village parle du retour du nouveau Comte à la maison.

Ces mots provoquèrent un doux frémissement dans la poitrine de Nell. On ne considérait plus Thomas comme un lointain héritier évaluant son patrimoine, mais comme le seigneur légitime du manoir, reprenant sa place parmi les siens. Cette transformation témoignait d'un changement fondamental dans la façon dont il était perçu — et peut-être dans la façon dont il se percevait lui-même.

Après le départ de la femme de chambre, Nell s'habilla avec un soin particulier, enfilant sa plus belle robe de jour — toujours noire pour le deuil, mais d'une soie qui captait magnifiquement la lumière, avec des boutons de jais qui brillaient comme des étoiles sombres. Elle arrangea ses cheveux dans la coiffure plus douce qu'elle avait adoptée depuis son arrivée à Greystowe et, après un instant d'hésitation, attacha le pendentif d'Isabella autour de son cou. Quoi que la journée puisse apporter, elle y ferait face en portant la bénédiction de sa sœur.

Elle trouva Thomas et Lady Greystowe dans la salle du petit-déjeuner, l'un et l'autre ayant l'air remarquablement satisfaits d'eux-mêmes malgré l'heure matinale. Un grand panier en osier était posé sur le buffet, débordant de ce qui semblait être des offrandes humbles mais sincères : des conserves dans des bocaux dépareillés, des tricots qui témoignaient d'un travail manuel soigné, et plusieurs petits objets emballés dans du papier brun.

— Bonjour, ma chère, dit Lady Greystowe avec une gaieté qui suggérait qu'elle avait mieux dormi que Nell. J'espère que vous avez bien dormi ?

— Très bien, merci, répondit Nell, espérant que sa voix ne trahissait pas les heures d'insomnie qu'elle avait passées à revivre chaque instant de leur soirée. Je crois comprendre qu'il y a eu de l'animation ce matin ?

— La nouvelle s'est répandue dans le village que Thomas est en résidence, expliqua Lady Greystowe, désignant le panier avec un plaisir évident. La veuve Hartley a envoyé son petit-fils à travers la neige avec des marques de gratitude de plusieurs familles. Il semble que ta réputation t'ait précédé, Thomas.

Thomas parut visiblement mal à l'aise face à cette attention, bien que Nell ait remarqué qu'il examinait le contenu du panier avec un intérêt sincère plutôt qu'avec l'évaluation dédaigneuse qu'elle aurait pu attendre de lui lors de leur première rencontre.

— Je n'ai rien fait pour mériter une telle générosité, dit-il en sortant ce qui semblait être un cache-nez tricoté à la main. Ils ne me connaissent même pas.

— Ils savent que tu es de la famille, le corrigea doucement Lady Greystowe. Ils savent que tu es rentré pour Noël, et ils se souviennent de ton père et de ton grand-père avec affection. Parfois, c'est assez pour commencer.

Nell regarda Thomas assimiler cette information, notant la façon dont son expression s'adoucissait en manipulant chaque humble cadeau. C'étaient des offrandes de gens qui avaient peu à donner, mais qui avaient choisi de partager ce qu'ils avaient avec un seigneur dont ils espéraient qu'il se montrerait digne de leur loyauté.

— Peut-être, dit Thomas lentement, pourrions-nous rendre la pareille. N'est-il pas traditionnel que le domaine offre des cadeaux de Noël aux tenanciers ?

— Très traditionnel, acquiesça Lady Greystowe, bien que son ton ait trahi une note de surprise face à son intérêt. Cependant, nous avons dû en réduire la portée ces dernières années, avec l'incertitude quant à l'avenir du domaine.

— Qu'est-ce qui serait approprié ? demanda Thomas, et Nell sentit son cœur se réchauffer devant l'inquiétude sincère dans sa voix. Je crains que mon expérience militaire n'ait pas inclus de formation sur les traditions du domaine.

— En général, des paniers de nourriture... des jambons, des conserves, peut-être quelques sucreries pour les enfants. Du charbon ou du bois de chauffage pour ceux qui en ont le plus besoin. Rien de très élaboré, mais assez pour montrer que leur seigneur pense à eux pendant la période des fêtes. — Lady Greystowe marqua une pause, étudiant le visage de son neveu. — Bien qu'organiser de telles distributions avec un préavis si court serait un véritable défi...

— Et si nous livrions les cadeaux personnellement ? suggéra Nell, s'étonnant elle-même de son offre audacieuse. — Quelques visites pour présenter nos vœux de Noël seraient certainement à la fois réalisables et pleines de sens, n'est-ce pas ?

— Serais-tu vraiment prête à braver le froid dans un tel but ? demanda Thomas, se tournant vers elle avec une expression si reconnaissante qu'elle sentit la chaleur lui monter aux joues. — Cela signifierait marcher péniblement dans la neige et visiter des chaumières qui sont peut-être bien plus modestes que ce à quoi tu es habituée.

La suggestion qu'elle puisse trouver d'honnêtes gens indignes d'elle la piqua légèrement, mais Nell se rappela que Thomas apprenait encore à la connaître sous l'apparence soignée que lui conférait son éducation.

— Je pense, dit-elle prudemment, que partager la joie de Noël avec ceux qui nous ont offert leur propre gentillesse serait un honneur, pas une corvée.

La chaleur qui inonda l'expression de Thomas à ses mots valait bien n'importe quel froid ou désagrément qu'elle pourrait affronter.

— Alors, nous en ferons une expédition, déclara Lady Greystowe avec une satisfaction évidente. — Je vais demander à Mme Hartwell de préparer des paniers adéquats, et vous deux pourrez servir d'ambassadeurs de Noël pour le domaine. Le grand air vous fera du bien à tous les deux, et cela donnera au village une chance de voir leur nouveau seigneur en personne.

Moins de deux heures plus tard, ils étaient emmitouflés dans leurs vêtements les plus chauds et s'aventuraient à travers le paysage enneigé avec un petit traîneau portant des paniers soigneusement garnis. Thomas avait insisté pour atteler le traîneau lui-même, prétendant que son expérience militaire lui avait appris l'importance de comprendre son équipement. Nell le soupçonnait de simplement apprécier la nouveauté d'être utile dans un rôle domestique.

Le village était digne d'une carte postale dans sa parure hivernale : des chaumières en pierre dont les cheminées fumaient, des enfants construisant des bonshommes de neige dans de minuscules jardins, et le son des rires porté par l'air vif. Les cloches de l'église s'étaient tues, but leur message de Noël semblait persister dans l'atmosphère même.

Leur premier arrêt fut la chaumière de la veuve Hartley, où ils furent accueillis avec une gratitude si débordante que Nell sentit les larmes lui piquer les yeux. La vieille femme insista pour leur offrir le thé malgré leurs protestations, et son petit-fils, l'âme courageuse qui avait fait la livraison du matin, regardait Thomas avec une admiration qui frisait l'adoration.

— Votre Seigneurie est si bonne de penser à nous, dit Mme Hartley, ses mains tremblant légèrement en acceptant le panier de provisions. — Nous n'étions pas sûrs... c'est-à-dire, nous espérions que le nouveau comte serait aussi bon que son père, que Dieu ait son âme.

— J'espère me montrer digne de cet héritage, répondit Thomas, et Nell entendit quelque chose de nouveau dans sa voix : non pas la formalité rigide du devoir, mais une chaleur sincère et un sens naissant des responsabilités qui allait bien au-delà de la simple obligation.

Alors qu'ils poursuivaient leur tournée, visitant chaumière après chaumière, Nell observait Thomas interagir avec ses tenanciers avec une admiration grandissante. Il écoutait leurs préoccupations concernant les réparations de toiture nécessaires après les tempêtes, prenait soigneusement des notes mentales sur les familles qui semblaient en difficulté, et acceptait leurs remerciements avec une humilité qui en disait long sur son caractère.

Plus important encore, elle vit comment les villageois réagissaient à sa présence. La méfiance initiale fit place à une approbation prudente, puis à un plaisir sincère lorsqu'ils réalisèrent que leur nouveau seigneur n'était ni froid ni condescendant. Au moment où ils atteignirent la dernière chaumière de leur liste, la nouvelle s'était répandue avant eux, et ils furent accueillis avec des sourires et des bonjours empressés.

— C'est un travail plus difficile que je ne l'avais imaginé, admit Thomas alors qu'ils rebroussaient chemin vers le domaine, le traîneau vide étant bien plus facile à tirer dans la neige. — Pas l'effort physique, mais le poids émotionnel de leurs attentes.

— Ils n'attendent pas la perfection, observa Nell, remarquant que ses joues avaient rougi sous l'effet du froid et de l'exercice, le faisant paraître plus jeune et plus accessible. — Ils veulent simplement savoir que quelqu'un se soucie de leur bien-être.

— Et est-ce mon cas ? demanda Thomas, s'arrêtant dans son effort pour la regarder droit dans les yeux. — Est-ce que je me soucie de leur bien-être, je veux dire. Ou suis-je simplement en train de jouer un rôle que je pense devoir remplir ?

C'était une question d'une honnêteté brutale, et Nell se surprit à étudier son visage en réfléchissant à sa réponse. — Je pense, dit-elle lentement, que tu as commencé la matinée en jouant un rôle. Mais j'ai vu comment tu as écouté les inquiétudes de Mme Hartley au sujet de son toit, comment tu t'es assuré que le jeune Tom avait des vêtements chauds pour rentrer chez lui. Ce n'était pas une comédie, Thomas. C'était une attention authentique qui se développait sous mes yeux.

Thomas resta silencieux pendant plusieurs minutes tandis qu'ils poursuivaient leur chemin vers la demeure, les patins du traîneau glissant en chuchotant sur la neige derrière eux. Quand il parla enfin, sa voix portait une note d'émerveillement qui fit bondir le cœur de Nell.

— J'avais l'habitude de penser que trop se soucier d'un lieu ou de ses habitants était une faiblesse, dit-il. — L'armée t'apprend à être prêt à partir, à ne pas former d'attaches qui pourraient obscurcir ton jugement ou compromettre ton efficacité.

— Et maintenant ? l'incita doucement Nell.

— Maintenant, je commence à comprendre que c'est peut-être cette attention qui donne tout son sens à la responsabilité. — Thomas s'arrêta de marcher et se tourna pour lui faire face, ses yeux gris sérieux dans la lumière hivernale. — Ce matin, quand j'ai vu à quel point ils étaient reconnaissants pour une simple marque de considération, une simple gentillesse... j'ai réalisé que je voulais être digne de cette gratitude. Je veux être le seigneur qu'ils méritent, pas seulement l'héritier dont ils ont hérité.

L'aveu resta suspendu entre eux dans l'air froid, et Nell sentit quelque chose changer dans sa perception de ce que cet homme pourrait devenir si on lui donnait la chance de grandir dans son rôle avec soutien et encouragement.

— Tu le seras, dit-elle simplement, pensant chaque mot.

— Le serai-je ? demanda Thomas, et il y avait dans son expression une vulnérabilité qui lui donna envie de s'approcher, de lui offrir un réconfort qui allait au-delà des mots. — Je n'ai aucune expérience de ce genre de responsabilité, Eleanor. Aucune formation pour veiller aux moyens de subsistance et au bonheur des gens.

— Mais tu as un bon instinct, répliqua Nell, et une préoccupation sincère pour le bien-être des autres. Ce sont des qualités bien plus importantes que l'expérience ou la formation.

Ils avaient atteint la butte qui offrait la meilleure vue sur Greystowe Hall, et Thomas marqua une nouvelle pause, son regard balayant le domaine enneigé avec une expression qui s'était complètement transformée par rapport à sa première évaluation de la propriété.

— Je voyais cet endroit comme un fardeau, dit-il doucement. Une accumulation de dépenses et d'obligations que je n'ai jamais demandées. Mais aujourd'hui, en voyant comment le village se tourne vers le domaine pour y trouver une direction, une stabilité... je commence à le voir comme quelque chose de tout à fait différent.

— Quoi ? demanda Nell, même si elle croyait déjà connaître la réponse.

— Une responsabilité, répondit Thomas. Quelque chose qui n'appartient pas seulement à moi, mais à tous ceux dont la vie est liée à cette terre. Les tenanciers, les domestiques, les familles du village qui dépendent de la générosité de Greystowe depuis des générations. Il se tourna pour la regarder droit dans les yeux. — Je ne peux pas abandonner cette responsabilité, n'est-ce pas ? Je ne peux pas vendre le domaine simplement parce que ce serait financièrement plus commode.

— Non, convint doucement Nell. Je ne crois pas que tu le puisses.

— Ce qui veut dire, continua Thomas, sa voix se faisant plus forte et plus assurée, que je dois cesser de penser comme un visiteur de passage et commencer à penser comme quelqu'un qui a sa place ici, de manière permanente.

Le mot « de manière permanente » provoqua une vague d'anticipation dans la poitrine de Nell. Si Thomas s'engageait envers Greystowe Hall, pour en faire son véritable foyer plutôt qu'une simple obligation héritée, qu'est-ce que cela pourrait signifier pour l'avenir ? Pour la possibilité d'un avenir qui pourrait l'inclure ?

— C'est une décision importante, observa-t-elle, s'efforçant de garder une voix stable malgré son pouls qui s'accélérait.

— Oui, c'en est une, admit Thomas. Mais ce n'est pas la seule décision importante que j'envisage ces derniers temps.

Il y avait quelque chose dans le ton de sa voix qui poussa Nell à le regarder plus attentivement, remarquant la façon dont son regard semblait s'attarder sur son visage avec une intensité nouvelle.

— Thomas, commença-t-elle, mais il leva une main dans un geste qui lui devenait familier.

— Je sais, dit-il doucement. Je sais que ce n'est ni le moment ni l'endroit pour certaines conversations. Mais je voulais que tu comprennes que mon engagement envers Greystowe Hall ne concerne pas seulement le domaine lui-même. Il s'agit de la possibilité de construire quelque chose ici — une vie, un héritage, un avenir qui pourrait inclure... Il marqua une pause, semblant choisir ses mots. Qui pourrait inclure tout le bonheur que le destin voudrait bien nous accorder.

Cette déclaration soigneusement formulée était de toute évidence ce qui se rapprochait le plus d'une déclaration que les convenances autorisaient, et Nell sentit son cœur s'emballer face à ses implications. Thomas était là, lui disant, de la manière la plus diplomatique possible, que sa vision de l'avenir l'incluait — si elle était disposée à envisager une telle possibilité.

— Le bonheur, répéta-t-elle doucement, testant le mot sur sa langue. Il y avait si longtemps qu'elle n'avait pas osé espérer une telle chose.

— Je sais que je n'ai aucun droit de vous demander de considérer de telles questions, continua Thomas, sa voix devenant plus formelle alors qu'il luttait avec les contraintes imposées par votre deuil et notre brève connaissance. Mais j'espérais... c'est-à-dire, je voulais que vous sachiez que lorsque le moment sera venu, lorsque vous serez prête à penser à votre avenir plutôt qu'à votre passé...

Sa voix s'éteignit, clairement frustré par les contraintes des convenances et des circonstances, mais Nell en avait assez entendu pour comprendre ce qu'il voulait dire.

— Quand ce moment viendra, dit-elle gentiment, je me souviendrai de cette conversation. Je me souviendrai de ce jour, et de l'homme qui a choisi le devoir et l'altruisme plutôt que la commodité et le profit.

Le sourire de Thomas à ses mots fut radieux, transformant tout son visage d'espoir et de gratitude.

— C'est tout ce que je pouvais espérer, dit-il simplement.

Alors qu'ils achevaient leur retour vers Greystowe Hall, la bâtisse se dressant devant eux avec ses fenêtres brillant chaleureusement dans l'après-midi d'hiver, Nell se surprit à la voir d'un œil nouveau. Pas seulement comme un beau domaine ou un refuge temporaire, mais comme un endroit où elle pourrait vraiment avoir sa place — non pas en tant qu'invitée ou souvenir d'Isabella, mais en tant qu'elle-même, créant un nouveau bonheur tout en honorant le passé.

La neige crissait sous leurs pieds alors qu'ils approchaient de l'entrée de la serre, et Thomas s'arrêta pour l'aider à traverser une congère particulièrement profonde. Ses mains sur sa taille étaient fermes et chaudes, et quand elle leva les yeux vers lui, elle y vit de la patience, une promesse, et cette sorte de certitude tranquille qui témoignait d'un homme qui avait enfin trouvé quelque chose pour lequel il valait la peine de se battre.

— Merci, dit-elle doucement, bien qu'ils comprissent tous deux qu'elle exprimait bien plus que de la gratitude pour son aide avec la neige.

— Merci à toi, répondit Thomas, et sa voix portait la même signification plus profonde.

Alors qu'ils rentraient dans la chaleur de Greystowe Hall, retirant leurs vêtements d'hiver et tapant des pieds pour enlever la neige de leurs bottes, Nell aperçut Lady Greystowe qui les observait depuis l'embrasure de la porte du salon avec une expression de profonde satisfaction.

— J'espère que votre mission de Noël a été couronnée de succès ? s'enquit la vieille dame avec une parfaite innocence.

— Très réussie, répondit Thomas, mais son regard resta fixé sur Nell pendant qu'il parlait. À plus d'un titre.

Et tandis qu'ils se rassemblaient autour du feu pour se réchauffer et partager les récits de leurs aventures matinales, Nell réalisa que pour la première fois depuis la mort d'Isabella, elle avait vraiment hâte de voir ce que l'avenir lui réservait, quoi qu'il advienne.

CHAPITRE 9

Un don de courage

Les jours entre Noël et le Nouvel An s'écoulèrent dans un nuage de contentement domestique que Nell n'aurait jamais cru possible. Les barrières formelles qui avaient défini ses premières rencontres avec Thomas s'étaient entièrement dissoutes, remplacées par une camaraderie simple qui semblait à la fois naturelle et précieuse. Ils passaient leurs matinées à arpenter le domaine, leurs après-midis à lire au coin du feu dans la bibliothèque, et leurs soirées en de tranquilles conversations avec Lady Greystowe qui s'étiraient souvent bien au-delà d'une heure raisonnable pour se coucher.

Pourtant, sous ce calme apparent, Nell sentait le poids croissant d'une décision imminente. Son projet initial avait été de retourner à Londres après l'Épiphanie, de reprendre la vie qu'elle avait fuie et de trouver un moyen d'aller de l'avant qui honorerait la mémoire d'Isabella sans être consumée par elle. Mais ce projet avait été élaboré par une femme différente — une femme qui n'avait pas encore découvert la possibilité de voir l'amour naître dans les endroits les plus inattendus.

Maintenant, assise dans sa chambre le soir du 5 janvier, alors qu'elle était censée faire ses bagages pour le voyage du retour, elle se retrouvait paralysée par l'ampleur du choix qui s'offrait à elle. Ses malles étaient ouvertes mais presque vides, ses vêtements toujours suspendus dans l'armoire, comme s'ils refusaient de coopérer avec ses projets de départ.

Un léger coup frappé à la porte interrompit sa contemplation. — Entrez, lança-t-elle, s'attendant à voir Lady Greystowe venir régler quelque dernier détail concernant les célébrations de l'Épiphanie du lendemain.

À la place, sa femme de chambre entra avec une expression de curiosité à peine contenue. — Je vous demande pardon, milady, mais il y a des voix dans le couloir. Monseigneur et madame, qui parlent de quelque chose de très sérieux.

Nell fronça les sourcils. Ni Thomas ni sa tante n'avaient l'habitude d'étaler des sujets importants là où les domestiques pouvaient traîner. — Quel genre de voix ? demanda-t-elle, bien qu'elle ait aussitôt regretté sa question. Elle n'avait pas à écouter aux portes des discussions familiales privées.

— Eh bien, milady, dit la femme de chambre avec l'air de quelqu'un qui brûlait de partager une information capitale, il semble que monseigneur demande conseil à madame sur des affaires de cœur, si vous voyez ce que je veux dire.

Malgré sa prudence, Nell sentit son pouls s'accélérer. — Des affaires de cœur ?

— Quelque chose à propos d'une certaine dame, s'il était possible qu'elle tienne un jour vraiment à lui, et s'il devait avouer ses sentiments avant qu'il ne soit trop tard. Les yeux de la femme de chambre pétillaient d'une excitation romanesque. — Madame semble penser qu'il est excessivement prudent, si vous voulez mon avis.

Avant que Nell ne puisse répondre — ou se réprimander comme il se doit pour avoir écouté les commérages des domestiques — les voix en question se firent plus fortes, comme si les interlocuteurs approchaient de sa porte. Sans vraiment le vouloir, elle se retrouva à s'avancer pour mieux entendre.

— ... je ne peux tout simplement pas la laisser partir sans qu'elle sache ce que je ressens, disait Thomas, sa voix empreinte d'une frustration qu'elle ne lui avait jamais entendue. Mais comment puis-je l'accabler de mes sentiments alors qu'elle est encore en deuil, qu'elle cherche encore à revenir à la vie ?

— Thomas, la voix de Lady Greystowe était douce mais ferme, Eleanor a retrouvé le chemin de la vie ces dernières semaines. N'importe qui ayant des yeux peut voir qu'elle a commencé à guérir, à espérer de nouveau. La question est de savoir si tu es assez courageux pour faire partie de cette guérison.

— Mais si je me trompe sur ses sentiments ? Si j'ai mal interprété sa gentillesse, y voyant quelque chose de plus profond ? La voix de Thomas contenait une vulnérabilité qui serra le cœur de Nell de tendresse. — Je ne peux supporter l'idée de la mettre mal à l'aise, de la forcer à choisir entre l'honnêteté et la politesse alors qu'elle n'a été que bienveillance face à mon attachement grandissant.

Nell porta la main à sa bouche pour étouffer un hoquet de surprise. Attachement grandissant — des mots si prudents, si mesurés pour ce qu'elle avait commencé à espérer être de l'amour.

— Mon cher garçon, dit Lady Greystowe avec une exaspération affectueuse, pour un homme qui a fait preuve d'une telle détermination dans les affaires militaires, tu es remarquablement obtus en matière de cœur. Cette jeune fille te regarde avec la même ardeur que tu lui portes. Elle s'illumine quand tu entres dans une pièce, se suspend à tes lèvres durant nos conversations, et s'est mise à porter le pendentif d'Isabella comme si c'était un talisman.

— Le pendentif... La voix de Thomas s'adoucit. Je me le demandais. Si cela signifiait... mais j'y ai sûrement vu plus que...

— Tu y as vu exactement ce que n'importe quelle personne sensée y verrait, l'interrompit Lady Greystowe. Eleanor n'est pas une jeune fille frivole portée sur les gestes théâtraux. Si elle porte le

85

pendentif d'Isabella tous les jours, c'est parce qu'elle en comprend la signification — comme une bénédiction, un pont entre le passé et l'avenir.

Il y eut une longue pause, durant laquelle Nell se surprit à retenir son souffle.

— J'avais prévu d'attendre, dit finalement Thomas. De lui laisser le temps d'achever sa période de deuil comme il se doit, de retourner à Londres et de réintégrer la société avant de faire toute sorte de... déclaration.

— Et d'ici là, elle se sera convaincue que ce qui s'est passé ici n'était qu'un agréable interlude, un répit loin du chagrin plutôt que le début d'une affection véritable. Le ton de Lady Greystowe portait une note d'avertissement. — Thomas, certaines occasions ne se présentent qu'une fois. Eleanor prévoit de partir après-demain. Si tu la laisses s'en aller sans avoir ouvert ton cœur, tu pourrais découvrir que la distance et le temps conspirent à faire de vous deux des lâches.

Une autre pause, plus longue cette fois, chargée du poids de la décision.

— Que voudrais-tu que je fasse ? demanda Thomas à voix basse. Que je lui tende une embuscade avec mes déclarations pour sa dernière soirée ici ? Que je la presse de ma flamme alors qu'elle s'est déjà engagée à partir ?

— Je voudrais que tu aies confiance en ce que vous avez tous les deux découvert ici, répondit fermement Lady Greystowe. Aie confiance que le lien qui vous unit est réel et qu'il vaut la peine de se battre. Donne-lui le choix, Thomas, mais assure-toi qu'elle comprenne bien quel choix elle fait.

Leurs voix ont commencé à s'estomper alors qu'ils s'éloignaient dans le couloir, mais Nell en avait entendu assez pour que son monde soit bouleversé. Thomas tenait à elle — il tenait vraiment à elle, pas seulement en tant que sœur d'Isabella ou qu'invitée de bienvenue, mais en tant que femme qu'il pourrait souhaiter courtiser, épouser, avec qui il pourrait construire une vie.

Cette révélation aurait dû la combler de joie, mais au lieu de cela, elle s'est sentie saisie d'une peur terrible. Et si Lady Greystowe se trompait sur ses propres sentiments à elle ? Et si elle confondait la gratitude et le réconfort de la guérison avec quelque chose de plus profond ? Et si ses sentiments étaient réels, mais pas assez forts pour l'avenir dont Thomas aurait besoin ? Il méritait une véritable partenaire, quelqu'un qui ne serait pas éternellement comparé au souvenir d'Isabella.

Les doutes qui murmuraient aux confins de sa conscience se sont soudainement déchaînés. Lorsque sa femme de chambre s'est retirée, Nell s'était convaincue que partir n'était pas seulement sage, mais nécessaire — pour leur bien à tous les deux.

Elle a terminé ses bagages avec une efficacité résignée, en enveloppant soigneusement le pendentif d'Isabella dans de la soie. Demain, elle le lui rendrait avec la gratitude et les explications qui s'imposaient.

Mais alors qu'elle s'est installée dans son lit, elle n'a pas réussi à trouver le sommeil. Chaque fois qu'elle fermait les yeux, elle revoyait le visage de Thomas tel qu'il était lors de leur expédition du matin de Noël : vibrant de détermination et d'une affection grandissante, la regardant comme si elle était une chose précieuse et merveilleuse. Elle se souvenait de la chaleur dans sa voix lorsqu'il parlait de construire un avenir à Greystowe Hall, de la manière prudente avec laquelle il avait évité de la presser de prendre un quelconque engagement, tout en exprimant discrètement ses propres espoirs.

Manquait-elle vraiment à ce point de courage pour fuir au premier signe d'un lien véritable ? Avait-elle si peur de risquer son cœur qu'elle choisirait la sécurité d'une solitude familière à la terrifiante possibilité de l'amour ?

Ces questions l'ont tourmentée pendant les longues heures de la nuit, et lorsque l'aube a enfin pointé sur les terres enneigées de Greystowe Hall, Nell s'est levée avec les yeux rougis et le cœur lourd d'indécision.

La Nuit des Rois était traditionnellement un jour de célébration et d'échange de cadeaux, marquant la fin de la période de Noël dans la fête et la joie. Lady Greystowe avait prévu un dîner spécial pour marquer l'occasion, avec le traditionnel gâteau des Rois et de petits cadeaux échangés entre les membres de la maisonnée. Cela aurait dû être une journée de bonheur et de gratitude pour les bénédictions inattendues de la saison.

Au lieu de cela, Nell s'est retrouvée à compter les heures jusqu'à son départ le lendemain matin avec un mélange de soulagement et d'un sentiment de perte dévastateur.

Elle a réussi à tenir pendant le petit-déjeuner en se concentrant sur le joyeux bavardage de Lady Greystowe au sujet des activités prévues pour la journée. Elle a tenu le coup pendant la promenade matinale sur le domaine en écoutant Thomas lui indiquer les diverses améliorations qu'il prévoyait pour le printemps, tout en évitant soigneusement les regards de plus en plus inquiets qu'il posait sur son air réservé.

Mais lorsqu'ils se sont retirés à la bibliothèque après le déjeuner, et que Thomas a doucement suggéré qu'ils pourraient profiter de ce moment pour échanger en privé leurs cadeaux de la Nuit des Rois avant la célébration officielle du soir, Nell a senti sa contenance si soigneusement préservée commencer à se fissurer.

— J'ai quelque chose pour toi, a-t-elle dit brusquement, avant qu'il ne puisse lui présenter le cadeau qu'il avait préparé pour elle. Mieux valait en finir rapidement, avant que son courage ne l'abandonne complètement.

De son réticule, elle a retiré le petit paquet emballé qu'elle avait préparé la veille au soir. À l'intérieur se trouvait le pendentif d'Isabella, soigneusement nettoyé et placé dans son écrin de velours d'origine, accompagné d'une lettre qu'elle avait écrite et réécrite jusqu'à ce que ses mots soient les plus diplomatiques possible.

Thomas a accepté le paquet avec une surprise évidente, son front se plissant en reconnaissant la forme et la taille du coffret à bijoux.

Lorsqu'il l'a ouvert et a vu le pendentif niché dans son écrin de velours, son visage s'est figé.

— Eleanor, a-t-il dit doucement, pourquoi me rends-tu cela ? Tante Margaret te l'a donné. Isabella voulait que tu l'aies.

— Je ne peux pas garder quelque chose d'aussi précieux, a répondu Nell, détestant le son si formel de sa voix, si froid et distant après la chaleur qu'ils avaient partagée. Il doit rester au sein de votre famille, à Greystowe Hall. Je n'y ai aucun droit.

Thomas a posé délicatement le coffret sur la table à côté de son fauteuil, puis s'est tourné pour lui faire face complètement. — Que s'est-il passé ? a-t-il demandé, et il y avait dans sa voix quelque chose — de la peine, de la confusion, la prise de conscience naissante qu'elle prenait ses distances — qui a failli faire plier sa résolution. Hier, tu semblais... enfin, je pensais que nous étions parvenus à une sorte d'entente. Et maintenant, tu parles comme si tu étais déjà partie.

— Je pars demain, a dit Nell, se forçant à soutenir son regard malgré la douleur qu'elle y lisait. J'ai assez abusé de l'hospitalité de votre tante, et il est temps que je retourne à la vie qui est la mienne à Londres.

— La vie qui est la tienne, a répété Thomas, et il y avait dans sa voix une amertume qu'elle ne lui avait jamais entendue. Bien sûr. Quelle bêtise de ma part de penser que quelques semaines d'isolement à la campagne pourraient rivaliser avec les attraits de la société et les perspectives de mariages avantageux.

L'accusation l'a piquée au vif parce qu'elle était si loin de la vérité, et pourtant, Nell s'est trouvée incapable de le corriger. Comment pouvait-elle expliquer qu'elle partait non pas parce que Londres avait plus d'attrait, mais parce qu'elle était terrifiée par la profondeur des sentiments qui naissaient entre eux ? Comment pouvait-elle admettre qu'elle fuyait l'amour parce qu'elle ne se sentait pas digne de le recevoir ?

— Ce n'est pas..., a-t-elle commencé, puis elle s'est arrêtée, réalisant que toute explication exigerait une honnêteté qu'elle n'était pas prête à offrir. Je dois partir, Thomas. Tu dois sûrement le comprendre.

— Non, a dit Thomas en se levant de son fauteuil avec la précision maîtrisée qui marquait son passé militaire. J'ai bien peur de ne pas comprendre du tout. Ce que je comprends, c'est que quelque chose a changé, et que tu ne veux pas me dire quoi. Ce que je comprends, c'est que tu choisis de partir plutôt que de... Il a marqué une pause, semblant peser ses mots. Plutôt que d'explorer ce qui pourrait être possible entre nous.

Les mots sont restés en suspens dans l'air silencieux de la bibliothèque, et Nell a senti les larmes lui piquer les yeux à cause de la douleur sous-jacente à son ton soigneusement maîtrisé.

— C'est peut-être mieux ainsi, a-t-elle dit doucement. Peut-être que nous interprétons tous les deux une simple camaraderie de Noël pour plus que ce qu'il n'y a jamais eu.

Thomas a reculé comme s'il avait été physiquement frappé, et Nell s'est détestée pour la cruauté de ses mots au moment même où elle les prononçait.

— Une agréable amitié de vacances, a-t-il répété lentement. Est-ce vraiment ainsi que tu qualifierais ce que nous avons partagé ces dernières semaines ?

Nell a ouvert la bouche pour confirmer cette description dédaigneuse, pour planter le dernier clou dans le cercueil de tout espoir fragile qu'il avait pu nourrir. Mais les mots ne sont pas sortis. En le regardant — en regardant vraiment l'homme qui lui avait montré tant de patience et une affection grandissante, qui avait révélé ses propres vulnérabilités tout en respectant son deuil, qui avait commencé à construire une vision de l'avenir qui incluait son bonheur à elle — elle s'est aperçue qu'elle ne pouvait pas aller jusqu'au bout du mensonge.

— Je..., a-t-elle commencé, avant de s'interrompre, la gorge nouée par l'émotion.

Thomas a étudié son visage un long moment, et quelque chose dans son expression est passé de la peine à la compréhension.

— Tu as peur, dit-il doucement, et ce n'était pas une accusation, mais une constatation. Quelque chose t'a effrayée, et ton instinct te pousse à fuir plutôt qu'à y faire face.

La précision bienveillante de son observation eut raison d'elle. Des larmes coulèrent sur ses joues malgré ses efforts pour les retenir et, mortifiée, elle se couvrit le visage de ses mains.

— Eleanor, dit Thomas d'une voix infiniment douce en s'approchant. S'il te plaît. Dis-moi ce qui te tourmente. Laisse-moi t'aider.

— Tu ne peux pas m'aider, parvint-elle à dire entre ses larmes. Ne vois-tu donc pas ? C'est précisément pour cette raison que je dois partir. Je suis en train de m'effondrer, de devenir quelqu'un que je ne reconnais pas, de ressentir des choses auxquelles je ne suis pas sûre de pouvoir me fier. Comment puis-je prendre la moindre décision pour l'avenir alors que je ne sais même plus qui je suis ?

Thomas resta silencieux un instant, et quand elle leva enfin les yeux, elle le vit qui la regardait avec une expression d'une profonde tendresse.

— Peut-être, dit-il avec précaution, que la question n'est pas de savoir qui tu es, mais qui tu deviens. Peut-être que la femme que tu ne reconnais pas est simplement celle que tu as toujours été destinée à être, enfin libre d'éclore.

Ses mots la frappèrent comme un coup de poing, allant droit au cœur de sa peur et de sa confusion. Était-il possible que son incertitude ne soit pas un signe de faiblesse ou de trouble, mais de croissance ? Que la femme qu'elle devenait à Greystowe Hall — plus chaleureuse, plus courageuse, plus ouverte aux possibilités — soit en réalité plus authentique que la personne prudente et maîtresse d'elle-même qu'elle avait été à Londres ?

— Je ne sais pas comment être cette femme, murmura Nell. Je ne sais pas comment être le genre de femme qui pourrait te rendre heureux, qui pourrait être digne de cet endroit, de la vie que tu construis ici.

— Alors peut-être, dit Thomas en s'agenouillant près de sa chaise pour qu'ils soient à hauteur des yeux, que nous pourrions l'apprendre ensemble. Peut-être que nous pourrions découvrir qui nous sommes destinés à devenir, côte à côte, sans autres attentes que la gentillesse, la patience et l'affection qui naîtra entre nous.

Ses paroles étaient si douces, si dénuées de pression ou d'exigences, que Nell sentit un nœud se desserrer dans sa poitrine. Ce n'était pas une grande déclaration ou une passion dévorante, mais quelque chose de bien plus précieux : une offre de partenariat, de découverte mutuelle, d'un amour assez patient pour attendre qu'elle trouve son courage.

— J'ai si peur de te décevoir, avoua-t-elle, ses mots à peine audibles.

— Et j'ai peur de la même chose, répondit Thomas avec un sourire navré. Peur de ne pas être à la hauteur de la tâche, de ne pas être un comte convenable, un digne seigneur de ce domaine. Peur que mes sentiments pour toi soient plus forts que tout ce que je peux offrir en retour.

Cette confession mutuelle de leur vulnérabilité changea quelque chose de fondamental entre eux. Ils étaient là, deux personnes luttant avec leur propre sentiment de légitimité, chacun craignant de décevoir l'autre alors que ce dont ils avaient tous deux besoin était simplement la grâce de grandir ensemble dans l'amour.

— Que veux-tu dire ? demanda Nell, bien que son cœur commençait déjà à espérer.

— Je veux dire, répondit Thomas en prenant ses mains avec une infinie précaution, que si tu es prête à prendre le risque de rester, de voir ce que nous pourrions devenir ensemble, alors je suis prêt à prendre le risque de t'offrir mon cœur en espérant que cela puisse suffire.

Ses mots étaient simples, honnêtes et totalement dénués d'artifice. Pas de grands gestes ni de passion dévorante, juste l'offre tranquille d'un homme qui avait trouvé quelque chose de précieux et qui était assez courageux pour se battre pour cela.

Nell plongea son regard dans ses yeux gris et y vit de la patience, de l'espoir et un amour assez solide pour affronter toutes les tempêtes que leur avenir pourrait leur réserver. Et pour la première fois depuis son arrivée à Greystowe Hall, elle se sentit vraiment assez courageuse pour saisir le bonheur qu'on lui offrait.

— Oui, murmura-t-elle, le mot à peine audible mais portant le poids du courage de toute une vie. Oui, je crois que je suis prête à prendre ce risque.

Le sourire de Thomas était radieux tandis qu'il portait les mains de la jeune femme à ses lèvres, déposant de doux baisers sur ses jointures avec une révérence qui évoquait des promesses, des possibilités et ce genre d'amour qui se renforce avec la patience.

— Alors, dit-il doucement, peut-être devrais-tu garder ceci, après tout.

Il prit le pendentif d'Isabella, le soulevant de son nid de velours avec des mains précautionneuses. — Puis-je ?

Nell hocha la tête, inclinant la sienne tandis qu'il attachait de nouveau la chaîne autour de son cou. L'ambre semblait chaud contre sa peau, comme si la bénédiction d'Isabella se posait sur eux deux.

Lorsqu'elle releva les yeux, Thomas la regardait avec une expression qui lui coupa le souffle : un mélange d'émerveillement, de gratitude et de la certitude tranquille d'un homme qui avait enfin trouvé le chemin de sa maison.

— Je suppose que votre tante sera insupportablement satisfaite d'elle-même, dit Nell, les surprenant tous les deux par un rire mouillé.

Thomas eut un petit rire, dont le son chaud et riche résonna dans le silence de la bibliothèque. — Insupportablement. Elle est probablement en train d'écouter à la porte en ce moment même, prête à s'attribuer tout le mérite de notre entente.

— Comme si le pendentif avait une volonté propre et refusait de rester rangé, ajouta Nell en touchant l'ambre à sa gorge.

— C'est peut-être le cas, dit Thomas doucement, son expression redevenant sérieuse. Peut-être que certaines choses sont simplement écrites.

— Joyeuse Épiphanie, Eleanor, dit-il doucement.

— Joyeuse Épiphanie, Thomas, répondit-elle, et elle le pensait de tout son cœur.

Dehors, par les fenêtres de la bibliothèque, les premiers flocons d'une neige nouvelle commencèrent à tomber, mais aucun des deux ne les remarqua. Ils étaient trop occupés à découvrir que, parfois, le plus grand courage requis est simplement la volonté de rester et de voir ce que l'amour peut bâtir sur les fondations de l'amitié, de la patience et de l'espoir.

CHAPITRE 10

La Nuit des Rois

L e dégel commença le lendemain de la Nuit des Rois, arrivant avec le son de l'eau s'égouttant des avant-toits et un changement subtil dans l'air qui annonçait que l'emprise de l'hiver se desserrait. Nell s'éveilla à la musique inhabituelle de la neige fondante et sentit son cœur s'alléger, empli d'une émotion qui tenait de l'espoir — ou peut-être simplement du soulagement d'une femme qui avait enfin cessé de fuir son propre bonheur.

Elle s'habilla avec un soin particulier, choisissant une robe d'un bleu saphir profond — c'était la première fois depuis le décès d'Isabella qu'elle portait autre chose que du noir ou du gris. La couleur lui parut à la fois étrange et libératrice, comme si elle pénétrait dans la lumière du soleil après des mois passés dans l'ombre. Le pendentif d'Isabella scintillait contre le tissu somptueux, et Nell se surprit à sourire à son reflet avec une assurance qui se rapprochait de celle qu'elle avait autrefois.

Le salon du petit-déjeuner était baigné de la lumière dorée du matin lorsqu'elle entra, et elle y trouva Thomas, déjà là, debout près de la fenêtre, une tasse de café à la main et une expression de contentement si paisible qu'elle transformait tout son visage. Quand il se retourna à son entrée, son sourire fut radieux.

— Bonjour, dit-il en posant sa tasse pour s'avancer vers elle. Tu es... — il marqua une pause, semblant chercher les mots justes pour décrire sa transformation — comme un rayon de soleil après le plus long des hivers.

Le compliment fit monter la chaleur à ses joues, mais raviva également une lueur de son ancienne incertitude. — J'ai pensé qu'il était temps, dit-elle en lissant ses jupes de ses mains qui tremblaient légèrement. Temps de cesser de me cacher derrière mon chagrin et de voir ce qui se trouve en dessous.

Thomas lui prit les mains, calmant leur agitation nerveuse par sa chaleur rassurante. — Et qu'y trouves-tu ?

Nell leva les yeux vers ses iris gris, remarquant qu'ils paraissaient plus clairs ce matin-là, touchés par des éclats d'argent comme le givre au soleil. — Quelqu'un que j'ai connu autrefois, dit-elle doucement. Quelqu'un que je croyais avoir perdu pour toujours, mais qui attendait simplement la permission d'espérer à nouveau.

Avant que Thomas ne puisse répondre, ils furent interrompus par l'approche de Lady Greystowe, dont la voix portait clairement depuis le couloir tandis qu'elle discutait avec Mme Hartwell des dispositions pour la journée.

« ... sera tout à fait praticable d'ici l'après-midi, je pense. Les routes principales prendront plus de temps, naturellement, mais le sentier du village devrait être accessible à quiconque serait assez fou pour s'y aventurer si tôt... »

Elle apparut sur le seuil, resplendissante dans une robe de chambre d'un riche bordeaux, et s'arrêta net en les voyant si proches l'un de l'autre, les mains enlacées, tous deux arborant une expression de joie à peine contenue.

— Oh, dit-elle, et sa voix portait une satisfaction si profonde qu'on aurait pu l'entendre depuis le comté voisin. Oh, mes chéris. J'en déduis que la conversation d'hier s'est avérée fructueuse ?

Thomas s'éclaircit la gorge, mais son sourire ne faiblit pas. — Tante Margaret, je crois qu'Eleanor a quelque chose à te dire.

Le regard de Lady Greystowe se porta de l'un à l'autre avec l'attention aiguë d'une femme qui avait espéré précisément ce dénouement. — Vraiment ? Et de quoi pourrait-il bien s'agir ?

— J'ai décidé de prolonger mon séjour, dit Nell, surprise de la fermeté de sa propre voix alors que son cœur battait dans sa poitrine comme un oiseau en cage. Indéfiniment, si vous m'acceptez.

— Si je t'accepte ? Le rire de Lady Greystowe n'était que pur délice tandis qu'elle s'avançait pour les prendre tous les deux dans ses bras. Ma chère enfant, je complote pour arriver à ce résultat depuis le moment où tu as franchi ma porte. Thomas, tu as enfin fait preuve d'un peu de bon sens en matière de cœur.

— Enfin, acquiesça Thomas avec bonne humeur, bien que Nell remarquât la légère crispation autour de ses yeux qui suggérait que sa patience envers les manigances de sa tante avait été mise à rude épreuve au cours des dernières semaines.

Alors qu'ils s'installaient autour de la table du petit-déjeuner, la conversation s'écoula avec une aisance qui témoignait de la dissolution des barrières. Lady Greystowe les régala de ses projets d'amélioration du domaine pour le printemps — supposant clairement que l'engagement de Thomas envers Greystowe Hall était désormais permanent —, tandis que Thomas exposait ses idées sur les chaumières des tenanciers à réparer et les innovations agricoles qu'il espérait mettre en œuvre.

Nell se retrouva entraînée dans l'organisation avec un enthousiasme qui la surprit. Ce n'était pas le genre de préoccupations domestiques qui avaient jamais capté son attention à Londres, et pourtant, ici, avec la présence rassurante de Thomas à ses côtés et les encouragements de Lady Greystowe, elle se découvrit des opinions et des idées qu'elle ne se connaissait pas.

— L'école du village pourrait bénéficier d'un agrandissement, se surprit-elle à dire alors qu'ils discutaient de l'allocation des ressources du domaine. J'ai remarqué plusieurs enfants qui semblaient avides d'apprendre mais qui manquent peut-être des moyens nécessaires à une éducation convenable.

Thomas se tourna vers elle avec une expression d'approbation si intense qu'elle se sentit rougir sous son regard. — Tu y as beaucoup réfléchi.

— J'ai eu le temps d'observer, répondit Nell, puis elle s'étonna elle-même en ajoutant : et je découvre que le résultat m'importe. Ces gens, cet endroit... ils comptent pour moi maintenant d'une manière que je n'aurais jamais imaginée à mon arrivée.

— Bien sûr qu'ils comptent, dit Lady Greystowe avec satisfaction. L'amour nous grandit, ma chère. Il élargit notre capacité à nous soucier des autres au-delà de nous-mêmes.

Le mot « amour » flotta dans l'air matinal comme une bénédiction, et Nell sentit la main de Thomas trouver la sienne sous la table, ses doigts s'enlaçant aux siens dans un geste de solidarité et de promesse.

Après le petit-déjeuner, ils se promenèrent ensemble sur les terres du domaine, notant les endroits où le dégel avait révélé les dégâts des tempêtes hivernales et discutant des projets de réparation et d'amélioration. La neige était encore épaisse dans les zones abritées, mais les allées principales commençaient à se dégager, et il y avait quelque chose de plein d'espoir dans la façon dont le paysage semblait s'éveiller de son sommeil hivernal.

— J'ai quelque chose à te montrer, dit Thomas quand ils atteignirent la roseraie, où les parterres soigneusement conçus par Isabella sommeillaient sous leur couverture protectrice. Il la conduisit jusqu'à un banc de pierre positionné de manière à surplomber les plantations formelles, balayant la neige pour révéler l'inscription gravée en dessous : *En mémoire d'un amour qui fleurit éternellement.*

— C'est Isabella qui l'a fait installer, expliqua Thomas, la voix adoucie par le souvenir. Elle disait que chaque jardin avait besoin d'un lieu de recueillement, un endroit pour se souvenir que la beauté revient même après les hivers les plus rudes.

Nell traça les lettres gravées de ses doigts gantés, sentant le poids d'un lien qui traversait le temps. — Elle serait heureuse, je pense. Pour nous, je veux dire.

— Je le crois aussi, acquiesça Thomas. Elle m'a écrit un jour au sujet de ses espoirs pour cet endroit, pour la famille qui pourrait s'y épanouir. Elle voulait que Greystowe Hall soit empli de rires, d'amour et des cris d'enfants jouant dans ces jardins.

La douce évocation des enfants provoqua un frémissement de conscience dans la poitrine de Nell. Ils parlaient maintenant de l'avenir, de possibilités concrètes plutôt que de rêves lointains. Cette prise de conscience était à la fois exaltante et terrifiante dans son immédiateté.

— Thomas, commença-t-elle avant de s'interrompre, ne sachant comment formuler les questions qui se pressaient soudain à son esprit.

— Qu'y a-t-il ? demanda-t-il en s'asseyant à côté d'elle sur le banc avec cette attention patiente qu'elle avait appris à chérir.

— J'ai besoin de savoir que tout cela est réel, dit-elle enfin. Pas seulement le fruit de l'isolement hivernal et d'un deuil partagé, mais quelque chose qui peut survivre au retour à la vie ordinaire, aux obligations et aux attentes extérieures.

Thomas resta silencieux un moment, son regard balayant les jardins enneigés avec cette expression pensive qu'elle reconnaissait comme sa façon d'organiser des pensées complexes.

— Te souviens-tu, dit-il enfin, de ce que tu m'as dit sur la différence entre courir vers quelque chose et fuir quelque chose ?

Nell hocha la tête, se souvenant de leur conversation lors de leur première promenade dans la neige.

— Pendant des années, je me suis convaincu que j'avançais vers un but, vers le devoir, l'honneur et toutes les choses qu'un soldat se doit d'estimer. Mais je pense, pour être honnête, que je fuyais la possibilité de trop m'attacher, de me rendre vulnérable à la perte. Thomas se tourna pour lui faire face directement. Être ici avec toi m'a appris la différence. Ceci — ce que je ressens pour toi, ce que j'espère que nous pourrons construire ensemble — c'est courir vers quelque chose. Vers l'amour, vers un foyer, vers la vie que je désire plutôt que celle que je pensais devoir désirer.

Les mots étaient simples mais portaient le poids d'une conviction absolue. Voici un homme qui avait examiné son propre cœur avec une rigueur militaire et l'avait trouvé sain.

— Je t'aime, Eleanor, continua Thomas, et bien que sa voix restât stable, elle pouvait voir le léger tremblement de ses mains qui révélait le courage que cette déclaration exigeait. Pas parce que tu me rappelles des temps plus heureux, pas parce que tu m'as aidé à guérir de vieilles blessures, mais pour ton courage, ta gentillesse, ta beauté — qui n'appartiennent qu'à toi seule, sans aucune comparaison. J'aime la femme que tu deviens, la femme que tu as toujours été sous le chagrin et le doute.

Nell sentit les larmes lui piquer les yeux face à la simple honnêteté de ses paroles. Pas de discours fleuris ni de grands gestes, juste la vérité offerte avec la confiance tranquille d'un homme qui savait ce qu'il voulait.

— Je t'aime aussi, murmura-t-elle, les mots lui semblant à la fois étranges et merveilleux sur la langue. Je crois que j'ai commencé à t'aimer au moment où tu m'as stabilisée dans la neige et que tu m'as regardée comme si j'étais quelque chose de précieux plutôt que quelque chose de brisé.

Le sourire de Thomas à son aveu était radieux, transformant tout son visage de joie et de soulagement. — Alors peut-être, dit-il en plongeant la main dans la poche de son manteau avec le soin délibéré d'un homme qui avait planifié ce moment, que tu pourrais envisager d'officialiser notre entente.

La petite boîte de velours qu'il retira était de toute évidence ancienne, sa surface usée par des générations de manipulations.

Quand il l'ouvrit pour révéler la bague qui s'y trouvait, Nell eut le souffle coupé devant sa simple perfection : un saphir de la couleur d'un ciel d'hiver, entouré de petits diamants qui captaient la lumière du matin comme des étoiles capturées.

— Elle appartenait à ma grand-mère, expliqua Thomas, la voix légèrement rauque d'émotion. C'était, de l'avis général, une femme aux opinions bien arrêtées et aux affections encore plus fortes. J'ai pensé... j'ai espéré qu'elle te plairait.

Nell regarda la bague, puis le visage de Thomas, notant la vulnérabilité sous son calme apparent, la façon dont il se tenait, comme préparé à accepter un consentement ou un refus avec la même grâce.

— Thomas Greystowe, dit-elle, sa voix se raffermissant à chaque mot, es-tu en train de me demander de t'épouser ?

— Oui, répondit-il simplement. Je te demande d'être ma femme, ma partenaire, ma compagne dans toutes les joies et les épreuves qui nous attendent. Je te demande de m'aider à faire de Greystowe Hall le foyer qu'il est censé être, de le remplir d'amour, de rires et de tout le bonheur que nous pourrons construire ensemble.

Nell sentit son cœur enfler d'une joie si immense qu'elle se demanda comment sa poitrine pouvait la contenir. Voici tout ce qu'elle n'avait jamais osé espérer : un amour offert sans réserve, un partenariat librement choisi, un avenir resplendissant de possibilités.

— Oui, dit-elle, le mot portant le poids d'une certitude absolue. Oui, Thomas. Je serais honorée d'être ta femme.

La bague glissa à son doigt comme si elle avait été faite pour elle, le saphir captant la lumière avec un feu intérieur qui semblait promettre des années de bonheur à venir. Lorsque Thomas porta sa main à ses lèvres pour y déposer un doux baiser au-dessus de la pierre, Nell eut l'impression que son cœur allait véritablement s'envoler.

— Il y a encore une chose, dit Thomas, sa voix prenant une note de formalité prudente qui la fit le regarder avec une inquiétude soudaine.

— Qu'est-ce que c'est ?

— Je crois, dit-il en se levant du banc et en lui tendant la main pour l'aider à se relever, qu'une demande en mariage digne de ce nom exige un baiser à la hauteur de fiançailles. Et je dois avouer que je suis très impatient de commencer mon apprentissage de ce que signifie être ton fiancé.

Nell sentit la chaleur lui monter aux joues à ses mots, mais il y avait quelque chose dans son expression — un désir patient tempéré par un respect parfait de son aisance — qui lui donna assez de courage pour s'approcher plutôt que de reculer.

— Je pense, dit-elle doucement, que ce serait en effet des plus instructifs.

Les mains de Thomas se levèrent pour encadrer son visage avec une infinie douceur, ses pouces effleurant ses pommettes comme si elle était faite de porcelaine précieuse. Pendant un instant, ils se regardèrent simplement, tels deux êtres au seuil d'une nouvelle vie, avant qu'il ne penche la tête pour poser ses lèvres sur les siennes.

Le baiser défia toutes les attentes : doux, assuré et rempli de promesses. Quand ils se séparèrent enfin, tous deux légèrement essoufflés, elle plongea son regard dans des yeux qui reflétaient l'émerveillement, la gratitude et ce genre d'amour qui promettait de se renforcer d'année en année.

— Ma fiancée, dit doucement Thomas, comme pour tester les mots.

— Mon futur mari, répondit Nell, et elle sentit son cœur chanter tant cela lui paraissait juste.

Au-dessus d'eux, un unique flocon de neige descendit du ciel clair, se posant sur l'épaule de Thomas comme une bénédiction. Alors qu'ils retournaient vers le Manoir Greystowe main dans la main, leur avenir s'étendant devant eux, radieux de possibilités, Nell réalisa que parfois, les plus beaux cadeaux n'arrivent pas avec tambours et trompettes, mais dans des moments de reconnaissance silencieuse — la compréhension soudaine que vous êtes exactement là où est votre place, avec la personne précise que vous étiez destiné à aimer.

Derrière eux, la roseraie dormait sous sa couverture de neige, mais déjà, des signes de vie frémissaient sous la surface. Au printemps, les parterres soigneusement entretenus d'Isabella fleuriraient de nouveau, emplissant l'air de parfum et de couleur, et de la promesse que la beauté revient toujours à ceux qui sont assez patients pour s'en occuper avec amour.

Alors qu'ils passaient les portes de la véranda pour entrer dans la chaleur de la maison, Thomas s'arrêta pour enlever le flocon de neige de son épaule.

— Un porte-bonheur ? demanda Nell avec un sourire.

— Le moment parfait, répondit Thomas en l'attirant contre lui pour un autre baiser. Quoique je soupçonne qu'à partir de maintenant, nous créons notre propre chance.

Et tandis que le rire ravi de Lady Greystowe résonnait quelque part dans la maison — sans doute avait-elle observé leur tableau romantique depuis les fenêtres —, Nell sut qu'il avait absolument raison.

La saison de Noël s'achevait, mais leur histoire ne faisait que commencer. Et comme toutes les plus belles histoires d'amour, elle ne s'écrirait pas en grands gestes ou en déclarations spectaculaires, mais à travers les mille petites attentions, la patience mutuelle et les joies simples qui transforment une maison en un foyer et deux cœurs séparés en une vie partagée.

Dehors, la neige continuait de fondre, laissant place au printemps et à toute la nouvelle vie qu'il apporterait. À l'intérieur du Manoir Greystowe, l'amour avait enfin trouvé son foyer.

Épilogue

QUELQUES ANNÉES PLUS TARD

Les premières roses de la saison avaient éclos en avance.

Nell se pencha sur une fleur rose pâle près de la tonnelle, effleurant délicatement ses pétales pour en chasser la rosée. Le jardin avait repris pleinement vie ce printemps-là, plus vibrant, plus luxuriant qu'elle ne l'avait jamais vu. Peut-être, songea-t-elle avec une satisfaction tranquille, que l'amour s'était aussi insinué dans la terre.

Derrière elle, une petite voix s'éleva.

— Maman ! Regarde, regarde ce que j'ai trouvé !

Nell se retourna au moment où une paire de petites bottes dévalait vers elle. Thomas Jr. — qui insistait toujours pour qu'on l'appelle *Tommy* — brandit triomphalement un bouquet de fleurs sauvages tout de travers, les joues roses de soleil et d'excitation.

— Pour la table, dit-il d'un air grave. Comme Papa le fait quand tu as l'air fatiguée.

— Oh, mon chéri, murmura Nell en le serrant contre elle.

Depuis le sentier, Thomas s'approchait, une canne dans une

main et les registres du domaine dans l'autre. Il essayait — sans grand succès — de vérifier les comptes tout en supervisant les explorations enthousiastes de leur fils.

— Tu en as fait un sentimental, dit-il d'un ton doux en se penchant pour déposer un baiser sur la tempe de Nell.

— Je n'y suis pour rien, dit-elle, bien que ses yeux brillaient d'amusement. Il tient tout de toi.

— Alors je m'estime chanceux.

Il lui tendit sa main libre et, ensemble, ils marchèrent à travers le jardin en fleurs, leur fils courant devant eux pour chasser les papillons parmi les rosiers bien-aimés d'Isabella.

Greystowe Hall se dressait au loin, ses fenêtres captant la lumière, ses cheminées laissant s'échapper de pâles volutes de fumée. De l'intérieur, la voix de Lady Greystowe, faiblement portée par la brise, grondait la cuisinière pour avoir mis *trop de muscade* et *pas assez de bon sens*.

Nell s'arrêta pour s'imprégner de la scène — les fleurs, le soleil, la joie tranquille d'avoir trouvé sa place — et ressentit, une fois de plus, cette admiration subtile qui ne s'estompait jamais tout à fait.

L'amour avait pris racine ici. Et il continuait de grandir.

Fin

Avez-vous apprécié l'histoire d'Eleanor et Thomas ?

N'hésitez pas à laisser un avis sur Goodreads ou votre plateforme préférée. Les avis m'aident à atteindre de nouveaux lecteurs.

Avez-vous lu l'histoire préquelle gratuite dela série Le Beau Monde?

À propos de l'auteure

Daisy Landish est une auteure de romances et de mystères cosy dont les histoires douces et pures ont touché le cœur des lecteurs à travers le monde. Quand elle n'écrit pas d'histoires d'amour, Daisy passe son temps à lire, à faire des randonnées à l'aube et à chevaucher au coucher du soleil sur sa jument, Rosebud.

www.daisylandishromance.com

facebook.com/daisylandishromance

x.com/daisy_landish

instagram.com/daisylandishbooks

amazon.com/author/daisylandish

bookbub.com/authors/daisy-landish

goodreads.com/Daisy_Landish

De la même auteure

www.ingramcontent.com/pod-product-compliance
Lightning Source LLC
Chambersburg PA
CBHW050830180626
46814CB00004B/1551